# Lichte Momente
# für Herz & Verstand

AF222543

# Lichte Momente
# für Herz & Verstand

## Ermutigende Geschichten

### von

### Irene Zahn

Erweiterte Neuauflage des Buches
**Die Rückkehr der Einhörner**

Also available in English:
**DeLightful Parables for Heart & Mind**

© **2024 Irene Zahn**

Umschlagmotiv Zauberbuch:
© PantherMedia / frenta

Verlag: BoD · Books on Demand GmbH,
In de Tarpen 42, 22848 Norderstedt

Druck: Libri Plureos GmbH,
Friedensallee 273, 22763 Hamburg

ISBN: 978-3-7597-8370-7

*Erkenne dich selbst!*

(Orakel zu Delphi)


*Jetzt erkenne ich stückweise;*
*dann aber werde ich erkennen,*
*gleichwie ich erkannt bin.*

(Die Bibel: 1. Korinther 13, Vers 12)

*Licht oder Dunkelheit? Liebe oder Selbstbezogenheit? Wahrhaftigkeit oder Heuchelei? Selbstvertrauen oder Selbstdarstellung?*

*Dies sind Entscheidungen, vor die wir alle im Laufe unseres Lebens immer wieder gestellt werden.*

*Lassen Sie sich inspirieren von den Abenteuern der Heldinnen und Helden dieser Geschichten.*
*Von ihrem Umgang mit den Schwierigkeiten und Chancen, die sich auf ihrem Weg ergeben. Wie sie lernen, zwischen ihrem wahren Selbst und dem falschen Selbst zu unterscheiden, welches ihnen von den fehlgeleiteten Gesellschaften ihrer Heimat aufgezwungen wurde.*

*Und wie sie ihre Lebensaufgabe finden, unterstützt von Einhörnern, Engeln, Elfen und Zwergen, aber auch von freundlich gesinnten Außerirdischen und anderen wohlwollenden Begleitern.*

# Die Würde einer Rose

*Es war einmal eine junge Rose. Als es Zeit für sie war zu erblühen, entfaltete sie ihre Blütenblätter mit einer Pracht und einem Duft, die ihresgleichen suchten.*

*Jeden Tag reckte und streckte sie sich dem Sonnenlicht entgegen, sog dessen freundliche Energie ein und genoss ihr Leben.*

*Sie hatte viele Besucher – Bienen, Schmetterlinge, sogar Menschen – die sich an ihr erfreuten und stärkten.*

*Eines Tages jedoch, kam eine pechschwarze Krähe daher, stellte sich vor die Rose, die sie weit überragte, und begann, sie zu beschimpfen:*

*„Gib nicht so an! Du kommst dir wohl besonders großartig vor! Du weißt doch, es heißt: ‚Sei wie das Veilchen im Moose, sittsam, bescheiden und rein, und nicht wie die stolze Rose, die immer bewundert will sein!'"*

*Die Rose erwiderte erstaunt: „Aber ich bin doch eine Rose und kein Veilchen!"*

*„Was bildest du dir eigentlich ein?", zeterte die Krähe. „Na, du wirst schon sehen, was du davon hast: ‚Hochmut kommt vor dem Fall!'"*

*Empört flog sie davon. Die Rose blieb erschüttert und verunsichert zurück.*

Lange noch dachte sie über dieses Gespräch nach. Sollte die Krähe Recht haben? Hatte die Rose sich über andere erhoben? Die Vorwürfe verfolgten sie noch bis in die Nacht und sie begann, sich zu schämen.

Am nächsten Morgen wachte sie zerknirscht und zerknittert auf und traute sich nicht, ihre Blütenblätter zu entfalten. Auch die grünen Seitenblätter rollte sie ein, um nicht ungebührlich viel Raum einzunehmen, so dass sie nun in ihrem Kummer auch völlig verkümmert aussah.

Als die Krähe wieder vorbeikam, stolzierte sie zufrieden um das Häufchen Elend herum, das die Rose nun darstellte.

„Siehst du – das habe ich dir ja gleich gesagt: ‚Hochmut kommt vor dem Fall!' Das geschieht dir ganz recht."

Die Rose sank immer mehr in sich zusammen. Sie war nicht wiederzuerkennen und fühlte sich minderwertig und klein.

Ihre Gäste, die sie immer erfreut hatte, nahmen sie zuerst gar nicht wahr, weil sie sich so verändert hatte. Doch einer treuen Biene fiel schließlich auf, dass da etwas nicht stimmte.

Sie näherte sich der unglücklichen Rose, betrachtete sie aufmerksam und erkannte ihre Gastgeberin nun doch.

„Ja, was ist denn mit dir passiert?", fragte sie mitfühlend und ließ ihren prüfenden Blick über die Rose gleiten, um zu sehen, ob sie von zerstörerischen Parasiten befallen war. Aber äußerlich war alles in Ordnung.

„Ach!", schluchzte die Rose. „Ich wollte doch nicht unbescheiden und überheblich sein!"

„Wie kommst du denn auf sowas?", fragte die Biene überrascht.

Da berichtete die bekümmerte Rose der Biene von dem Gespräch mit der Krähe, die sie aufgefordert hatte, bescheiden zu sein wie das Veilchen im Moose und nicht stolz wie eine Rose!

„Ja, aber bescheiden sein ist doch nicht das Gleiche wie verkümmert sein!", erwiderte die Biene verdutzt.

„Du bist kein Veilchen – du bist eine Rose! Also musst du dich auch nicht geben wie ein Veilchen. Es ist nicht unbescheiden oder gar überheblich, man selbst zu sein. Du kannst nur glücklich sein und andere glücklich machen, wenn du der Welt zeigst und schenkst, was dir eigen ist. Was das ist, kann niemand so gut einschätzen, wie du selbst.

Lass die Leute schwätzen und achte nicht auf solche, die dir nicht wohlgesonnen sind. Du weißt ja nicht, ob die Krähe nicht einfach neidisch war auf deine Schönheit. Vielleicht hatte sie auch nur einen schlechten Tag. Es spielt keine Rolle.

*Du bist eine Rose! Deine Geschenke an die Welt sind deine einmalige Blütenpracht und dein wunderbarer Duft. Du darfst das ruhig ausstrahlen, denn das ist es, was du bist! Freue dich des Lebens. Zeige, wer du bist, und gib diese Freude weiter – das ist die schönste Erfüllung im Leben.*

*Kümmere dich nicht um diejenigen, die damit nichts anfangen können. Deine Freunde sind die, die deine Schönheit wahrnehmen und schätzen – alle anderen brauchst du nicht zu beachten!"*

*Die Rose atmete erleichtert auf und trocknete ihre Tränen. Langsam entfaltete sie ihre Blütenblätter und entrollte auch ihre Seitenblätter wieder. Ihr fiel ein Gebirge von der Seele.*

*„So ist es besser!", summte die Biene zufrieden und ließ sich auf der Rose nieder.*

*„Hab ganz herzlichen Dank, liebe Freundin, für deinen guten Rat", erwiderte die Rose mit einem letzten erleichterten Seufzer.*

*Sie nahm sich fest vor, fortan nur noch auf ihr eigenes Gefühl zu vertrauen und nicht mehr jedem dahergelaufenen Schwätzer zu glauben.*

## Verzaubert vom Licht

Es war einmal eine Frau namens Liora, die grübelte und grübelte, was immer auch geschah. Jedes Ereignis, jedes Wort, jeden Gedanken wälzte sie in ihrer Seele wie einen Mühlstein so schwer. Aus allem, was ihr widerfuhr, machte sie ein Problem.

Den Menschen, mit denen sie zu tun hatte, tat sie leid, weil sie ihr Leben so schwer nahm, und sie versuchten, ihren Blick auf die schönen Dinge zu lenken, die es in ihrem Leben ja auch gab. Doch sie ließ keinen Lichtblick und keinen Vorschlag zur Verbesserung ihrer jeweiligen Lage an sich heran. So zogen die Menschen um sie herum sich mehr und mehr zurück, denn es war sehr anstrengend, mit Liora Mühlsteine zu wälzen und führte zu nichts.

Oft grämte sich Liora, weil sie sich alleingelassen fühlte, aber sie war viel zu sehr mit ihren Mühlsteinen beschäftigt, um zu verstehen, dass sie dies selbst verursacht hatte. So lebte sie jahrein, jahraus in der dunklen Höhle ihrer Seele, ohne einen Ausweg erkennen zu können.

Eines Tages sah sie einen kleinen Lichtpunkt um sich herumschwirren und folgte ihm mit ihren Blicken. Nach einiger Zeit bemerkte sie überrascht, dass es ein Lebewesen war – ein Glühwürmchen.

„Wer bist du?", fragte Liora das Glühwürmchen.

„Ich bin Raja – das bedeutet ‚Hoffnung'!", antwortete es. „Das ‚Große Licht' schickt mich."

„Licht – was ist das?", erkundigte sich Liora erstaunt.

„Das kann ich dir nicht erklären", erwiderte das Glühwürmchen Raja, „aber komm mit, ich werde es dir zeigen!"

„Ach!", seufzte Liora, „Ich bin so müde. Ich kann nicht mit dir gehen!"

„Darf ich denn wenigstens morgen wiederkommen?", fragte Raja.

„Na gut", antwortete Liora widerstrebend, „wenn es nicht zu lange ist."

So kam das Glühwürmchen Raja nun treu jeden

Tag zu Liora, wobei es vorher immer um Erlaubnis fragte, denn es wollte sich ja nicht aufdrängen. Nachdem sich Liora an den lieben Besuch gewöhnt hatte, wagte es eines Tages zu fragen:

„Darf ich denn auch mal meine Freunde mitbringen? – Zusammen könnten wir dir eher eine Ahnung davon geben, was Licht bedeutet, als ein Glühwürmchen allein!"

„Ach, ich weiß nicht", zögerte Liora, „so viele auf einmal sind vielleicht zu anstrengend."

Aber da sie inzwischen Vertrauen zu Raja gefasst hatte, stimmte sie schließlich doch zu.

Am nächsten Tag kam ein ganzer Schwarm Glühwürmchen in die dunkle Höhle und umkreiste Liora. Ein Schimmer von Licht erhellte die Höhle und Liora wusste gar nicht, wie ihr geschah. Sie war ganz gerührt – so schön war es.

„So sieht also Licht aus?", fragte sie schüchtern.

„Das ist nur ein schwacher Abglanz des Lichtes, das du außerhalb deiner Höhle finden kannst!", antwortete ihr Raja. „Komm mit!"

„Ach, ich weiß nicht", zögerte Liora wieder, „das ist vielleicht gefährlich – hier kenne ich mich aus."

„Du wählst also lieber das bekannte Unglück, als das unbekannte Glück?", fragte das Glühwürmchen.

Aber Liora ließ sich nicht umstimmen.

„Dann würde ich dir gerne eine Freundin von mir vorstellen. Darf ich sie morgen mitbringen? Du wirst sie mögen", bot Raja an. Liora nickte.

Der nächste Tag brachte eine große Überraschung, denn das Glühwürmchen brachte ein Kätzchen mit, das ein goldenes Wollknäuel vor sich her schubste. Liora war sofort von dem Kätzchen eingenommen und ließ es sogar auf ihren Schoß springen, wo sie es zärtlich kraulte. Zum ersten Mal seit langer Zeit spürte sie einen Funken Liebe, und sogar Freude, in ihrem Herzen.

Nach einiger Zeit schlug Raja vor: „Komm doch mit uns aus der Höhle. Du brauchst nur dem goldenen Faden zu folgen, den Yelina, die Katze, mitgebracht hat."

„Gibt es denn wirklich etwas außerhalb dieser Höhle?", zweifelte Liora. „Ich bin noch nie woanders gewesen als hier."

„Das stimmt nicht", widersprach Raja. „Erinnere dich: Als du jünger warst – hast du da nicht immer wieder Momente der Freude, ja der Seligkeit, erlebt, wenn du ganz selbstvergessen ins Spiel vertieft warst oder in der Natur umhergestreift bist?"

Liora erinnerte sich. „Du meinst, so kann es wieder werden?", fragte sie ungläubig.

„Es ist nie zu spät, sich auf den Weg dorthin zu machen. Komm mit uns!", lockte Raja.

Liora dachte lange nach. Die schöne Erinnerung weckte Sehnsucht in ihr. Sie betrachtete das liebe Kätzchen und die leuchtenden Glühwürmchen und schließlich entschloss sie sich, es zu versuchen. Sie hatte doch nichts zu verlieren!

Die Glühwürmchen jubelten und flogen wilde Kapriolen. Yelina, die Katze, strich schnurrend an Lioras Beinen entlang und kehrte dann zu ihrem Wollknäuel zurück. Vorsichtig schubste sie es in den Höhlengang zurück, der sie ins Freie führen sollte, und sah sich um, ob Liora ihr auch folgte.

Es wurde ein langer Weg – viel länger, als nötig gewesen wäre, denn Liora zögerte immer wieder und wandte sich zurück ins vertraute Dunkel – dann wieder zum Licht, das sie zunehmend durch den Gang sehen konnte, und das ihr fremd war, sie aber auch anzog.

Ihre Begleiter verloren jedoch nie die Geduld, sondern harrten mit ihr aus, lockten und ermutigten sie, bis sie schließlich den Höhlenausgang erreichten.

Was sich dort Lioras Augen bot, war mit Worten nicht zu beschreiben. Es machte sie so glücklich – ja, selig – dass sie nicht verstand, wieso sie so lange gebraucht hatte, um zum Licht zu finden.

„Das ist erst der Anfang!", versprach Raja, das Glühwürmchen. „Doch nun musst du deinen Weg selbst finden. Wir verlassen dich hier.

Das ‚Große Licht' wird dich führen und dich nie alleine lassen. Das darfst du nicht vergessen! Denn es wird auch jetzt noch Höhen und Tiefen geben, aber es muss nie wieder so dunkel sein, wie es für dich gewesen ist."

Und was Liora nicht glauben konnte, nämlich, dass es noch schöner werden sollte, geschah. Wenn sie sich ganz dem Licht anvertraute, fühlte sie sich geliebt, geborgen und geführt. Wenn sie zweifelte, wurde der Weg steiniger, aber sie war nie mehr allein und die Dunkelheit gehörte für immer der Vergangenheit an.

# Die Abenteuer des
# kleinen Sonnenstrahls

*Es war einmal ein neugieriger kleiner Sonnenstrahl. Als er das erste Mal mit den anderen die Erde besuchen durfte, landeten sie auf einer bunten Blumenwiese. Vorwitzig wie er war, küsste er gleich die erste Blume, die er traf, auf die geschlossene Blüte. Sie erwachte und öffnete ihre Blütenblätter.*

*„Guten Morgen, liebe Sonne", begrüßte sie ihn, „ich danke dir."*

*„Wofür?", fragte der kleine Sonnenstrahl.*

*„Dein Licht bedeutet Leben und Nahrung für mich", erwiderte die Blume.*

*„Oh, das freut mich!", rief der kleine Sonnenstrahl aus und strahlte.*

*Wenig später kam er an ein kleines Haus. Er lugte durch das Fenster. Darinnen saß eine alte Frau und strickte. Sie schien sehr traurig zu sein. Als sie den kleinen Sonnenstrahl erblickte, leuchtete ihr Gesicht auf.*

*„Komm herein, liebe Sonne", lud sie ihn ein. Das ließ er sich nicht zweimal sagen.*

*„Was machst du hier und warum bist du so traurig?", fragte er die Frau.*

*„Ich kann meine Stromrechnung nicht bezahlen",*

antwortete sie, „darum sitze ich hier im Dunkeln und stricke, um etwas Geld zu verdienen. Aber wo du bist, wird es hell und die Dunkelheit muss zurückweichen."

„Dunkelheit, was ist das?", wollte der kleine Sonnenstrahl wissen.

„Dunkelheit ist eigentlich nicht wirklich etwas. Es ist wie ein Nichts. Im Grunde ist es nur die Abwesenheit von Licht. Licht ist etwas – Dunkelheit nicht", versuchte die Frau zu erklären.

„Wenn Dunkelheit nichts ist, warum macht sie dich dann traurig?", fragte der kleine Sonnenstrahl.

„Dunkelheit ist wie eine Leere, eine Schwere im Herzen und wenn das Herz schwer ist, ist man traurig", erwiderte die Frau. „Aber du besiegst selbst die Traurigkeit. Ich freue mich sehr über dich! Denn wo Licht ist, kann die Dunkelheit nicht bestehen."

„Das ist ja interessant!", meinte der kleine Sonnenstrahl. „Ich möchte die Dunkelheit gerne mal sehen!"

„Das kannst du nicht – dein Licht vertreibt sie. Die Dunkelheit kann dem Licht nichts anhaben – umgekehrt aber schon", sagte die Frau.

„So stark bin ich!", freute sich der kleine Sonnenstrahl.

„Ja, das bist du", bestätigte die Frau. „Ich danke dir.

Jetzt ist mein Herz wieder leichter." Nachdenklich verließ der kleine Sonnenstrahl das Haus.

Auf dem Mäuerchen vor dem Haus lag eine Katze. Sie begann zu schnurren, als der kleine Sonnenstrahl ihr über das Fell streichelte, und streckte sich wohlig aus.

„Kennst du die Dunkelheit?", fragte der kleine Sonnenstrahl sie.

„Na klar! Dunkelheit ist, wenn deine Beute dich nicht sehen kann. Dann hast du leichtes Spiel und immer ein gutes Mahl", antwortete die Katze und leckte sich das Maul.

„Aha", meinte der kleine Sonnenstrahl etwas ratlos und zog weiter.

Durch das Fenster des nächsten Hauses sah er in ein Zimmer, in dem ein alter Mann krank in seinem Bett lag. Als er den kleinen Sonnenstrahl erblickte, schrie er laut: „Mach, dass du fort kommst. Ich will dich hier nicht sehen!"

Erschrocken stürzte seine Tochter ins Zimmer.

„Mach sofort den Fensterladen zu!", brüllte der alte Mann sie an.

Die Tochter gehorchte schnell – so schnell, dass sie den kleinen Sonnenstrahl schier abklemmte.

„Was war denn das?", dachte dieser bei sich. „Sonst haben sich doch immer alle über mich gefreut! Ob so Dunkelheit aussieht?"

„Tanz mit mir!" Eine zarte Stimme über ihm riss ihn aus seinen Gedanken. Dort flatterte ein bunter Schmetterling zwischen den Zweigen eines Baumes hin und her. Nur zu gerne ließ sich der kleine Sonnenstrahl ablenken. Sie tanzten umeinander in den Wipfeln des Baumes, zwischen den Blättern, bis der Schmetterling erschöpft auf einer Blüte rasten musste.

„Was ist Dunkelheit?", wollte der kleine Sonnenstrahl von dem Schmetterling wissen.

„Dunkelheit ist, wenn du geborgen in deinem Kokon schläfst, bevor du das Licht der Welt als Schmetterling erblickst", antwortete dieser und flatterte davon.

„Also kann Dunkelheit auch etwas Schönes sein!", sinnierte der kleine Sonnenstrahl.

Auf dem Marktplatz traf er auf einen Bettler, der, vor sich einen Hut mit Münzen, vor einem Geschäft sitzend eingeschlafen war. Der kleine Sonnenstrahl kitzelte seine Nase. Da wachte der Bettler auf und sah sich um, um zu sehen, was ihn geweckt hatte.

„Weißt du, was Dunkelheit ist?", fragte ihn der kleine Sonnenstrahl.

„Aber sicher!", antwortete ihm der Bettler. „Dunkelheit ist, wenn es keine Hoffnung mehr gibt, dass es einmal besser für einen wird – wie wenn man durch einen langen Tunnel geht und kein Licht an dessen Ende sieht."

„Oh", murmelte der kleine Sonnenstrahl betroffen, „da muss man doch etwas tun können!"

„Vielleicht", meinte der Bettler, „muss man einfach aufmerksamer auf das Licht achten, das vorhanden ist, wie zum Beispiel du gerade jetzt. Und schließlich endet doch jeder Tunnel einmal."

„Hat denn Dunkelheit gar nichts Gutes?", erkundigte sich der kleine Sonnenstrahl.

Der Bettler überlegte: „Dunkelheit bedeutet auch Schutz und Stille, sich unbeobachtet zurückziehen und ausruhen zu dürfen und seine Sorgen für eine Weile vergessen zu können."

Schon war es Nachmittag geworden und der kleine Sonnenstrahl fand einen schönen Garten, in dem zwei Freundinnen an einem Tisch saßen und sich unterhielten. Er tanzte auf dem Tisch und in den Gläsern und die beiden waren entzückt.

„Was ist Dunkelheit?", wollte der kleine Sonnenstrahl schließlich auch von ihnen wissen.

„Dunkel ist es, wo Liebe fehlt", meinte die eine.

„Oder wo es Streit und Missverständnisse gibt", fügte die andere hinzu.

„Ist Liebe also auch so etwas wie Licht?", fragte er nach.

„Ja!", kam die Antwort. „So etwas wie Licht fürs Herz!"

„Dann ist doch alles ganz einfach!", rief der kleine Sonnenstrahl freudig aus. „Die Sonne braucht nur in jedes Herz zu scheinen, und schon haben ihr Licht und ihre Wärme die Dunkelheit darin vertrieben!"

„Liebe kann im Gegensatz zu Sonnenlicht nur von Herz zu Herz weitergegeben werden", gab die eine der Freundinnen zu bedenken. „Die Sonne kann diese Aufgabe leider nicht übernehmen."

„Aber", ergänzte die andere, „wenn die Sonne scheint, fühlen viele Menschen sich wohler und verschenken mehr Liebe, insofern hast du nicht ganz unrecht."

„Ich möchte so gerne helfen, dass es allen besser geht!", seufzte der kleine Sonnenstrahl.

„Das tust du schon die ganze Zeit! Wir sind dir sehr dankbar", erwiderten die beiden Freundinnen. Getröstet verließ sie der kleine Sonnenstrahl.

Gegen Abend kam er wieder zu der Blumenwiese zurück, auf der er am Morgen gelandet war.

„Gute Nacht!", rief ihm die Blume zu, die er am Morgen wachgeküsst hatte. „Ich freue mich sehr, wenn du morgen wiederkommst."

Der kleine Sonnenstrahl errötete und verbarg sich hinter einer Wolke.

Bald darauf kehrte er müde mit allen seinen Geschwistern nach Hause zurück.

„Das war ein aufregender erster Tag auf der Erde", dachte er bei sich und freute sich schon auf den nächsten Tag. Bald war er eingeschlafen. Er erlebte noch viele, viele andere Abenteuer, aber die Dunkelheit hat er nie kennengelernt.

## Die leise Reise durch das All

*Es war einmal ein kleiner Junge namens Benedikt. Der wünschte sich nichts sehnlicher, als einmal durch das Weltall zu reisen. Nachts, wenn alle schliefen und alles ruhig war, trat er ans Fenster und betrachtete sehnsüchtig die Sterne. Stundenlang konnte er dort stehen. Nur schwer vermochte er sich von dem wunderbaren Anblick zu lösen.*

*Tagsüber studierte er Himmelsatlanten und Sternkarten. Er las Bücher über Weltraumabenteuer* und sah sich Science-Fiction-Filme an. Er interessierte sich auch für die Suche nach außerirdischen Intelligenzen und für UFOs. Alle hielten ihn für einen Träumer und Spinner.

Eines Nachts stand er wieder an seinem Fenster und sah in den Himmel. Es war Vollmond. War es Vollmond? Am klaren Sternenhimmel sah er eine helle leuchtende Kugel. Aber war das wirklich der Mond? Sie sah so komisch aus. Er sah genau hin.

Täuschte er sich, oder bewegte sich die Kugel? Nein, das konnte nicht sein! Aber doch! Ihre Position veränderte sich im Vergleich zu den Sternen im Hintergrund. Die Lichtkugel kam näher und näher. Schließlich schwebte sie direkt vor seinem Fenster. Benedikt trat erschrocken zurück.

Mühelos durchdrang die Kugel das Fenster und schwebte über dem Fensterbrett.

„Hallo, Benedikt!", hörte er eine Stimme in seinem Kopf.

Benedikt besah sich die Kugel näher.

„Bist du das?", fragte er überrascht.

„Ja", kam die Antwort.

„Bist du jemand?", hakte er nach.

„Ja", hörte er wieder.

„Wer bist du?", fragte Benedikt. Ganz wohl war ihm nicht.

„Ich komme aus dem Sternbild, das ihr 'Orion' nennt. Mein Planet ist Teil des Sternsystems Rigel. Du kennst es doch", kommunizierte die Kugel.

„Ich glaube es nicht!", dachte Benedikt fassungslos, aber auch etwas neugierig. „Dann wäre dies ja ein Außerirdischer!"

„So kann man es sagen", antwortete die Lichtkugel, die seine Gedanken verstand.

„Wie heißt du?", wollte Benedikt wissen.

„Bei uns gibt es keine Namen wie bei euch. Wir erkennen uns an der Persönlichkeit und kommunizieren direkt – so wie wir beide jetzt. Da sind Namen nicht nötig. Aber wenn es dir hilft, kannst du mich 'Olep' nennen", kam es von der Kugel.

„Wieso sprichst du Deutsch? Das ist sehr merkwürdig", zweifelte Benedikt.

„Das tue ich nicht", war die Antwort. „Ich verständige mich wortlos. Du selbst übersetzt die Gedankeneindrücke in deine Sprache."

„Wow! Es gibt wirklich Außerirdische!", entfuhr es Benedikt. „Warum haben wir euch noch nicht entdeckt?"

„Weil ihr mit ungeeigneten Mitteln nach außerirdischem Leben sucht und eine sehr begrenzte Vorstellung davon habt, wie es aussehen könnte. Ihr denkt, es müsse in eurem Sinne materiell und vielleicht gar kohlenstoffbasiert sein. So verpasst ihr es, weil es nicht in eure Denkschubladen passt. Abgesehen davon ist Rigel etwa 770 Lichtjahre von der Erde entfernt. Das bedeutet: Selbst wenn wir auf eure Signale antworten würden, in einer Weise, die ihr versteht, würdet ihr bei eurer kurzen Lebensspanne die Antwort nicht mehr erleben", hörte Benedikt die Stimme in seinem Kopf sagen.

„Gibt es noch mehr Leben auf anderen Planeten?", wollte Benedikt wissen.

„Natürlich!", antwortete Olep. „Auch auf der Erde sind zu allen Zeiten immer Außerirdische unterwegs gewesen. Aber da ihr Menschen nur einen sehr geringen Teil des Lichtspektrums überhaupt wahrnehmen könnt, seht ihr sie nicht. Sie sind unerkannt mitten unter euch!"

„Wenn das die Menschen wüssten", sinnierte Benedikt, „bekämen sie wahrscheinlich ganz schön Angst."

„Dazu besteht kein Anlass", erwiderte Olep. „Da Außerirdische, die zur Erde kommen, fortgeschrittener sind als ihr Menschen und ihre kriegerische Zivilisationsphase schon weit hinter sich gelassen haben, stellen sie für die Menschen keine Gefahr dar. Das kriegerische Bild, das ihr von Außerirdischen habt, entspricht eurem eigenen Wesen, nicht dem der Außerirdischen."

„Ich würde zu gerne mal deinen Planeten sehen", seufzte Benedikt, „aber es ist viel zu weit."

„Möchtest du mit mir ein wenig durchs Weltall reisen?", fragte Olep.

„Ist das denn möglich?", fragte Benedikt aufgeregt zurück.

„Wenn du mitkommen möchtest, sieh mich an und konzentriere dich auf mein Zentrum", bot Olep an.

Benedikt betrachtete die Lichtkugel intensiv. Auf einmal hatte er das Gefühl, in sie hineingezogen zu werden. Durch sie hindurch sah er die Sterne und fühlte sich nach oben gezogen. Er konnte sehen, wie er sein Haus, seine Stadt, das Land, den Kontinent, die Erde hinter sich ließ.

Schon waren sie im Weltraum. Die Erde bot einen phantastischen Anblick – weit schöner noch als auf den Fotos aus dem All, die Benedikt kannte. Sein Herz wurde weit als sie so durch das All schwebten. Diese unaussprechliche Schönheit, diese Weite und Größe!

Staunen erfasste ihn über die Wunder, die er sah. Auch hörte er feine Harmonien, die von den Planeten und Sternen ausgingen.

„Oh", flüsterte Benedikt ehrfürchtig, „ich wusste nicht, dass es im All Musik gibt."

„Eure Dichter wussten zu allen Zeiten um diese Musik und nannten sie 'Sphärenklänge'", merkte Olep an.

Langsam durchquerten sie das Sonnensystem, so

*dass Benedikt alles in Ruhe betrachten konnte. Sie kamen am Mars vorbei und passierten den Asteroidengürtel zwischen den inneren und den äußeren Planeten. Zu den inneren Planeten gehören neben der Erde und dem Mars auch Merkur und Venus. Die äußeren Planeten umfassen den riesigen Jupiter, Saturn mit seinen Ringen, Uranus und Neptun, die sie ebenfalls alle hinter sich ließen.*

*In der Ferne konnte Benedikt viele tausend andere Galaxien sehen – es war einfach faszinierend. Davon hatte er immer geträumt.*

*Als sie das Sonnensystem verlassen hatten, legten sie an Tempo zu. In Gedankenschnelle erreichten sie das Sternbild Orion. Darin befand sich Rigel, ein Sternsystem, das mehrere Planeten enthielt. „Hier ist mein Heimatplanet", übermittelte Olep.*

*Benedikt sah nur einen wüsten Felsbrocken.*

*„Aber dort ist doch kein Leben möglich. Es gibt kein Wasser und keine Atmosphäre!", meinte er enttäuscht.*

*„Und doch gibt es dort Leben – nur etwas anders, als ihr es kennt", entgegnete Olep. „Komm und sieh."*

*Als sie sich der Oberfläche näherten, konnte Benedikt wunderschöne Gebäude erkennen, wie von Kristall, in denen unzählige Lichtkugeln ein- und ausschwebten, wie Olep eine war.*

Eines der Gebäude sah fast aus wie eine Kathedrale auf der Erde. Es war von atemberaubender Schönheit.

„Was ist das?", hauchte Benedikt.

„Das ist so etwas wie eine Bibliothek, in der unser gesamtes Wissen abrufbar ist. Du brauchst nur an ein Thema zu denken, das dich interessiert – schon erschließen sich dir alle Informationen, die es darüber bei uns gibt", erklärte Olep.

„Lass uns dorthin gehen", bat Benedikt.

Als sie näher an das Gebäude schwebten, sah Benedikt, dass die Räume zwischen den Gebäuden in wunderschönen Farben erstrahlten. Farben, wie er sie auf der Erde noch nie gesehen hatte.

Es war überhaupt nicht wüst auf der Planetenoberfläche, sondern traumhaft schön.

Mühelos durchdrangen sie die Wände der 'Kathedrale' – es gab keine Türen. Dort kamen ihnen einige der Lichtkugeln entgegen und begrüßten sie freundlich. Interessiert umschwebten sie Benedikt, um zu erspüren, woher er komme und wer er sei. Alle Kommunikation verlief wortlos mit Gedankeneindrücken.

Dann führte Olep Benedikt in den Hauptsaal der 'Kathedrale'.

„Stelle deine Fragen", forderte er Benedikt auf und dieser zögerte nicht lange. Kaum spürte er eine

Frage in sich, erfüllte ihn in kürzester Zeit die Antwort, umfassend, aus allen Blickwinkeln.

Er wollte zum Beispiel wissen, was die Einheimischen von Oleps Planeten über die Erde wussten. Da staunte er nicht schlecht. Natürlich hatten sie eine ganz andere Sichtweise auf alle Verhältnisse.

Aber er entdeckte, dass auch sein eigenes Wissen und die Einstellungen der anderen Menschen Teil der Antworten waren, die er bekam. Natürlich erfuhr er auch eine Menge über Oleps Planeten, die Bevölkerung und ihre Lebensweise. Er konnte gar nicht genug bekommen.

„Warum zeigst du mir das alles?", fragte er Olep nach einer Weile.

Olep antwortete: „Die Menschheit tritt langsam in eine neue Bewusstseinsphase ein. Wir möchten helfen, diesen Prozess zu beschleunigen, da es sonst sein kann, dass die ewig gestrigen Menschen die Erde zerstört haben, bevor die Menschheit vollständig entwickelt ist.

Wenn die Menschen gelernt haben, miteinander und mit ihrer Umwelt rücksichtsvoller umzugehen, werden sie auch reif sein für den Kontakt mit außerirdischen Lebensformen, den sie sich so sehr wünschen. Menschen wie du können diesbezüglich Vorreiter und Vermittler sein."

„Ja, aber ich bin doch noch ein Kind!", rief Benedikt aus.

„Eben deshalb bist du ja dafür besonders geeignet", meinte Olep. „Deine Denkweise ist noch nicht so eingeschränkt und festgefahren, wie die der ausgewachsenen Menschen. Du bist noch offen für neue Eindrücke und Vorstellungen. Das ist die Voraussetzung dafür, anderen Lebensformen zu begegnen.

Du hast nun fürs Erste genug gesehen. Ich werde dich jetzt wieder nach Hause bringen."

„Schade!", seufzte Benedikt. „Es gäbe noch so viel zu erforschen und zu fragen."

„Wir werden in Verbindung bleiben", versprach Olep. Und so schnell, wie sie Orion erreicht hatten, waren sie auch wieder auf der Erde.

Erfüllt und glücklich sank Benedikt in sein Bett und schlief sich erst einmal aus.

Von seiner Reise erzählte er vorerst niemandem, denn keiner, den er kannte, hätte ihn verstanden.

Aber Olep hatte ihm erzählt, dass er noch andere Menschen auf die gleiche Weise begleitete, und so hoffte Benedikt, dass er eines Tages Menschen treffen würde, mit denen er über Außerirdische reden könnte, ohne ausgelacht zu werden.

Vielleicht bist du ja einer von ihnen.

# Wie aus »Angsthäschen« »Unverzagt« wurde

Es war einmal ein kleines Mädchen. Von allen wurde es nur Angsthäschen genannt, weil es vor allem und jedem Angst hatte. Vor seinen Spielkameraden hatte es Angst: Angst, sie würden es nicht mögen, sie würden es verletzen, sie würden sich über es lustig machen. Vor Tieren hatte es Angst, sie würden es erschrecken oder gar beißen. Vor Gewittern hatte es Angst. Vor Gespenstern hatte es Angst. Vor Hexen hatte es Angst.

Es hatte Angst zu fallen, Angst aufzufallen, Angst, sich zu verletzen, Angst, andere zu verletzen – kurz, sein Leben war voller Ängste, die es hinderten, fröhlich und wohlgemut seinen Weg zu gehen.

Jedes Mal, wenn es Angst bekam, und das war oft, flüchtete es in sein Bett, denn dort war es warm und es fühlte sich geborgen und aufgehoben. Die Leute schüttelten nur den Kopf über Angsthäschen. Manche lachten es auch aus.

Eines Nachts – Angsthäschen lag im Bett und hatte die Decke über den Kopf gezogen, denn draußen tobte ein mächtiger Sturm – da hörte es ein leises Rufen. Das klang so lieblich und glockenhell – ganz nah. Ein feines Stimmchen rief seinen Namen.

Angsthäschen wurde nie bei seinem Namen gerufen. Erstaunt lugte es unter der Bettdecke hervor.

Zunächst konnte es nichts erkennen. Doch dann sah es auf dem Fensterbrett ein zartes kleines Wesen sitzen, mit feinen durchsichtigen Flügeln. Angsthäschen machte seinem Namen Ehre und bekam sofort Angst.

„Fürchte dich nicht!", rief das zarte Wesen ihm zu.

„Wer bist du?", wagte Angsthäschen zu fragen.

„Ich bin die Elfe Lumia", sprach das Wesen auf dem Fensterbrett. „Du brauchst keine Angst zu haben – ich möchte deine Freundin sein."

Angsthäschen staunte: „Es gibt tatsächlich Elfen. Ich habe mir schon immer gewünscht, einmal eine zu sehen!"

Angsthäschen streifte die Decke vom Kopf und besah sich die Elfe näher. Sie hatte ein wunderschönes, liebes Gesichtchen und Angsthäschen verlor nach und nach seine Scheu.

„Wo kommst du her? Was machst du hier?", fragte es die Elfe.

„Ich komme, um mit dir zu spielen", antwortete sie.

„Mit mir willst du spielen?", fragte Angsthäschen zaghaft. „Ausgerechnet mit mir?"

„Aber natürlich!", rief die Elfe fröhlich. „Lass uns gleich anfangen!"

Und so spielten sie miteinander die ganze Nacht. Angsthäschen war glücklich. Natürlich hatte es anfangs Angst, es könnte das zarte Wesen zerbrechen, aber dann waren sie so versunken in ihr Spiel, dass es diese Angst vergaß.

In der Morgendämmerung verabschiedete sich Lumia und verschwand. Angsthäschen rieb sich die Augen. Hatte es das nur geträumt oder hatte es wirklich mit einer Elfe gespielt?

Als seine Mutter ins Zimmer kam, um es zu wecken, war es immer noch ganz erfüllt von seinem Erlebnis und seine Worte purzelten nur so durcheinander, als es seiner Mutter davon erzählen wollte.

„Ach, Quatsch!", raunzte die Mutter. „Du hast nur geträumt. Komm und mach dich fertig."

Enttäuscht beschloss Angsthäschen, sein Erlebnis von nun an für sich zu behalten, denn es war ihm kostbar. Das fiel ihm jedoch schwer. Es war ganz aufgeregt und durfte sich doch nichts anmerken lassen. Kaum konnte es die nächste Nacht erwarten.

Und tatsächlich: Kaum lag Angsthäschen im Bett und es wurde still draußen, hörte es wieder seinen Namen. Ganz vorsichtig schaute es zum Fensterbrett und wirklich – da saß Lumia und lächelte es an.

„Du bist doch wirklich, oder nicht?", fragte Angsthäschen.

Da lachte Lumia glockenhell: „Lass uns spielen und du wirst es sehen!" Und so spielten sie wieder die ganze Nacht. Angsthäschen war glücklich.

Viele Nächte ging es so. Nachts spielte Angsthäschen, tagsüber hatte es Angst.

Eines Nachts sagte Lumia: „Ich möchte dich mit auf eine Reise nehmen."

„Oh, nein!", rief Angsthäschen. „Lass uns hier bleiben. Ich habe Angst."

„Es ist nicht weit", erwiderte Lumia. „Komm, ich zeige dir etwas."

Sie nahm es mit ans andere Ende des Zimmers, wo ein großer Spiegel stand.

„Sieh hinein. Was siehst du dort?", fragte Lumia. Angsthäschen schaute in den Spiegel.

Dort sah es eine wunderschöne, prächtig gekleidete Prinzessin, die ihm entgegenblickte.

„Wer ist das?", hauchte Angsthäschen fasziniert.

„Das ist Prinzessin Unverzagt!", antwortete Lumia. „Möchtest du sie kennen lernen?"

„Oh, ja!", rief Angsthäschen und vergaß seine Angst.

„Schließe deine Augen und halte meine Hand", wies die Elfe es an. Vertrauensvoll schloss Angsthäschen die Augen.

Lumia nahm seine Hand und sprach: „Nun gehe drei Schritte nach vorn, aber du darfst die Augen nicht aufmachen!" Angsthäschen gehorchte. Plötzlich spürte es weichen Boden unter den Füßen und fühlte einen leichten Lufthauch an seiner Wange. Erschrocken öffnete es die Augen: Es stand mitten im Wald.

„Wo sind wir?", fragte Angsthäschen. Aber Lumia war verschwunden. Die Sonne schien durch die Bäume und die Vögel sangen. Angsthäschen sah sich um. In der Nähe spielten zwei Eichhörnchen Fangen und jagten einander einen Baum hinauf. Ein Kaninchen hoppelte vorbei.

Zaghaft ging Angsthäschen voran. Bald kam es zu einer Lichtung. Dort sah es ein wunderschönes goldenes Schloss stehen. Fasziniert ging es darauf zu. Als es an das Schlosstor kam, blieb dem Wächter vor Erstaunen der Mund offen stehen.

„Prinzessin Unverzagt!", rief er ungläubig aus.

„Nein, ich bin es nur – Angsthäschen", sagte Angsthäschen schüchtern. Aber der Wächter drehte sich um und lief laut rufend in den Schlosshof hinein:

„Prinzessin Unverzagt ist wieder da!"

Es gab große Aufregung. Alle liefen, alle riefen durcheinander.

Schließlich kam ein kleiner Junge neugierig an das Tor: „Hallo, Prinzessin, wollt Ihr nicht hereinkommen?"

Angsthäschen traute sich nicht. „Ich glaube, ihr verwechselt mich mit jemandem", flüsterte es scheu. Aber da kam schon eine Abordnung von Höflingen aus dem Tor und begrüßte es überschwänglich.

„Gott sei Dank!", riefen sie sich zu. „Die Prinzessin ist wieder da!" Angsthäschen wollte widersprechen, aber keiner hörte auf es. Sie verbeugten sich ehrfürchtig vor ihm und führten es in den Schlosshof.

Dort kam ihnen der Reichskanzler Justin entgegen, der die Regierungsgeschäfte führte und nach der Ursache der Unruhe im Schlosshof schauen wollte.

„Prinzessin Unverzagt!", rief er aus und traute seinen Augen kaum. Freudig lief er auf sie zu. „Seid Ihr endlich von Eurer Reise zurück! Wie schön, Euch zu sehen."

Immer mehr Leute kamen, um die Prinzessin zu begrüßen. Alle waren außer sich vor Staunen und Freude. Angsthäschen wusste nicht, wie ihm geschah. Mehrmals versuchte es, die Verwechslung aufzuklären – niemand hörte auf es. Bald fing es selbst an, daran zu zweifeln.

„Benjamin!", entfuhr es ihm, als der kleine Junge vom Tor fröhlich auf es zu sprang.

„Oh, Ihr erinnert Euch!", freute er sich und umarmte seine Prinzessin.

Im Hof kam ihr der Reitknecht mit einem wunderschönen weißen Pony entgegen. „Kirschblüte!", sagte sie versonnen. Das Pony drückte sich zärtlich an ihren Arm. Irgendwie kam es ihr vertraut vor.

So nach und nach fielen ihr immer mehr Einzelheiten ein. Je länger sie sich im Schloss aufhielt, umso selbstverständlicher erschien es ihr. Alle schienen froh, sie zu sehen.

„Aber wieso kennt ihr mich alle? Ich bin doch noch nie hier gewesen?", fragte sie in die Runde.

Justin, der Reichskanzler, lächelte sie an und antwortete: „Liebe Prinzessin, Ihr wart lange fort und nun seid Ihr heimgekommen. Erholt Euch von den Strapazen der Reise und fühlt Euch wieder zu Hause bei uns."

Mit diesen Worten begleitete er sie zu ihren Gemächern und zeigte ihr, wo sie sich ausruhen konnte. Dankbar fiel die Prinzessin schließlich auf das Bett, als sie endlich allein war, und schlief bald tief und fest.

Im Schloss hingegen ging die Aufregung weiter. Es war viel zu tun, jetzt, wo die Prinzessin wieder da war.

Zwar war immer alles für sie bereitgehalten worden, aber dennoch wurde nun alles auf Hochglanz poliert, ihre Kleidung in Ordnung gebracht, ihre Freunde benachrichtigt, ihre Tiere geholt und ein großes Fest vorbereitet.

*Als die Prinzessin erwachte, stand schon eine Freundin bereit, um ihr beim Umkleiden zu helfen.*

*„Patrizia", erinnerte sich die Prinzessin.*

*„Willkommen daheim!", lächelte Patrizia. „Du warst lange fort."*

*„Ich verstehe das alles nicht", stammelte die Prinzessin. „Wieso bin ich plötzlich eine Prinzessin? Wieso war ich weg? Wo war ich?"*

*„Du warst immer eine Prinzessin. Du hast es nur vergessen. Du warst weit, weit weg", erklärte ihr Patrizia. „Es gibt ein großes Fest dir zu Ehren. Komm mit."*

*Es wurde ein rauschendes Fest. Viele Menschen, die der Prinzessin wichtig waren, kamen und es gab ein freudiges Wiedersehen. Das Fest dauerte drei Tage. Auch die Tiere kamen nicht zu kurz. Für alle war gesorgt und sie fühlten sich wohl.*

*Alle am Hof waren eifrig bemüht, Prinzessin Unverzagt ihre Wünsche zu erfüllen. Mit ihren wiedergewonnenen Freunden unternahm sie weite Ausritte. Sie ritt Kirschblüte, ihr geliebtes Pony.*

*Die Freunde und sie spielten oft miteinander, schwammen im nahe gelegenen Fluss, führten lange intensive Gespräche über Gott und die Welt und genossen die gemeinsame Zeit.*

*Doch es gab auch Arbeit für die Prinzessin. Justin,*

der Reichskanzler, führte sie in die Regierungsgeschäfte ein, und mit ihren Freunden begann sie,
sich um die Bedürfnisse der Bewohner ihres Rei-
ches zu kümmern. Keiner litt Mangel. Jeder durfte
sagen, was er brauchte, ohne Angst, und bekam
von allem genug.

Auch der Prinzessin ging es immer besser. Unter
der Liebe ihrer Mitmenschen blühte sie auf und
gewann neues Selbstvertrauen. Bald hatte sie ihr
Leben als Angsthäschen vergessen. Ohnehin wusste in ihrem Reich niemand davon. Alle behandelten
sie, wie es ihrer Würde als Prinzessin geziemte.

Täglich versah die Prinzessin ihre Arbeit mit Freuden und es war immer genügend Zeit übrig, um
mit den Menschen zusammenzusein, die sie liebte.
Es gab keinen Grund mehr zu verzagen. So wurde
sie unverzagt.

Einige Zeit später ging Prinzessin Unverzagt einmal wieder mit ihren Freunden im Fluss schwimmen. Sie bespritzten und neckten einander und
hatten eine Menge Spaß.

„Lasst uns ein Wettschwimmen veranstalten!", rief
die Prinzessin übermütig. Alle waren begeistert.

Die Prinzessin schwamm so schnell sie konnte bis
ans andere Ufer und ließ die anderen weit hinter
sich.

Als sie aus dem Wasser stieg, stand plötzlich ihre
Mutter vor ihr und rief: „Angsthäschen! Wo bist du

*nur gewesen? Wir haben dich überall gesucht!"*

*„Ich bin Unverzagt!", entgegnete die Prinzessin selbstbewusst. „Und ich war zu Hause."*

*Die Mutter sah sie verständnislos an.*

*„Na ja, Hauptsache, du bist wieder da und es ist dir nichts passiert", meinte sie schließlich.*

*„Doch, es ist eine Menge passiert!", lächelte Unverzagt.*

*Alle wunderten sich über sie und darüber, wie sehr sie sich verändert hatte, und niemand wagte mehr, sie Angsthäschen zu nennen. Von nun an nannte man sie Unverzagt.*

## Die Rückkehr der Einhörner

*Jason wuchs bei seiner Großmutter auf. Wo seine Eltern waren, wusste er nicht, und nur ganz selten stellte er sich die Frage, warum er nicht, wie die anderen Kinder des Dorfes, mit Vater und Mutter zusammenlebte.*

*Seine Großmutter war eine gütige und kluge Frau und wohnte mit ihm in einem kleinen Häuschen*

45

am Waldrand. So ging er oft in den Wald. Dort kannte er jeden Baum und jeden Strauch. Oft saß er unter einer uralten Eiche und genoss die Stille und die besondere Stimmung im Wald.

Seine Großmutter lehrte ihn schon früh alles über die heilende Wirkung der Kräuter und Früchte, die sie im Wald fanden, und er war ein gelehriger Schüler.

Eines Tages saß er wieder unter der großen Eiche. Die Sonne spielte in den Zweigen der Bäume. Es war ein herrlicher Tag. Plötzlich schloss er geblendet die Augen. Als er sie wieder öffnete, stand vor ihm ein weißes Pferd. Es hatte ein spiralförmig gedrehtes, langes leuchtendes Horn auf der Stirn. Jason fühlte Ehrfurcht bei seinem Anblick und blieb reglos sitzen.

Da begann das Tier zu sprechen: „Jason! Auf dich wartet eine große Aufgabe. Du wirst in der Armee des Lichtes gebraucht."

Jason erschrak. „Ich eigne mich nicht zum Kämpfen!", stammelte er. „Ich bin ja viel zu jung und ich habe Angst vor dem Krieg!"

„Dies ist kein gewöhnlicher Krieg", erwiderte das strahlende Wesen vor ihm. „Es ist eine Auseinandersetzung zwischen Licht und Finsternis, die auf Seiten des Lichtes nur mit den Waffen der Liebe ausgetragen wird. Du bist ein großer Heiler. Bist du bereit, uns zu helfen?"

„Das weiß ich nicht", stotterte Jason. „Wie könnte ich euch helfen? Ich bin doch kein großer Heiler!"

„Du kennst die heilende Wirkung der Pflanzen und wirst bald auch selbst besondere Heilkräfte entfalten", antwortete sein Gegenüber.

„Die Krieger der Finsternis kämpfen mit allen Mitteln um den Erhalt ihrer Macht. Dabei hinterlassen sie unter den Menschen viele an Leib und Seele Verletzte, die deine Hilfe brauchen."

„Ich will die Großmutter fragen", sagte Jason zögernd.

„So geh", forderte ihn das Wesen auf, „und sprich mit ihr. Wenn du willst, triff mich morgen wieder hier."

Die Großmutter spürte sofort, dass etwas Außergewöhnliches vorgefallen war, als Jason das Haus betrat. Doch sie wartete geduldig, bis er von sich aus zu erzählen begann. Überwältigt berichtete er ihr von seinem Erlebnis im Wald.

„Ein Einhorn!", flüsterte die Großmutter ergriffen, als er geendet hatte. „Du bist besonders gesegnet. Nur ganz wenigen Menschen wird heutzutage die Ehre zuteil, ein solches Wesen zu sehen."

„Was ist ein Einhorn?", fragte Jason verwundert.

Da begann die Großmutter zu erzählen:

„Vor langer, langer Zeit war die Welt voller Einhörner. Es sind hohe geistige Wesen, die dafür sorgten, dass die Welt im Gleichgewicht blieb und alle Geschöpfe hatten, was sie brauchten.

Solange die Menschen in Frieden miteinander und im Einklang mit der Natur lebten, konnten sie diese zarten, scheuen Wesen sogar wahrnehmen. Doch als die Welt immer lauter wurde und die Menschen immer mehr das Ihre suchten, verlor sich diese Gabe. Nach und nach verschwanden die Einhörner dann von der Erde.

Doch nun, da das Dunkle immer dunkler und das Lichte immer heller wird, kommen sie wieder, um der Armee des Lichtes gegen die Finsternis beizustehen. Wo sie auf Menschen reinen Herzens treffen, rühren sie diese mit ihrem leuchtenden Horn an, so dass deren Herzen stark werden in der Liebe, die sie unverletzbar macht.

So gerüstet vereinen sich solche Menschen mit den anderen Kräften des Lichtes und sie drängen die Finsternis auf der Welt zurück."

„Woher weißt du das?", fragte Jason sie erstaunt.

„Das kann man alles in alten Überlieferungen nachlesen", lächelte die Großmutter. „Nur halten die meisten Menschen dergleichen für Märchen."

„Was soll ich denn nun tun?", wollte Jason wissen.

„Folge deinem Herzen!", riet sie ihm. „Am besten schläfst du erst einmal eine Nacht darüber. Morgen kannst du dich entscheiden."

In der Nacht hatte Jason einen Traum: Er wanderte durch ein finsteres Tal und plötzlich brach ein Sonnenstrahl durch die Wolken und tauchte alles in ein goldenes Licht. Die Welt war wie verwandelt. Und er hörte eine Stimme:

„Hab keine Angst! Licht ist immer stärker als Finsternis. Die Liebe wird siegen!"

So fasste er am Morgen den Entschluss, noch einmal zu dem Einhorn in den Wald zu gehen. Er setzte sich wieder unter die alte Eiche und wartete.

Plötzlich spürte er einen Lufthauch und als er aufsah, stand das Einhorn wieder vor ihm.

„Nun?", fragte es ihn, „Wie hast du dich entschieden?"

Jason stand auf. „Ich würde euch gerne helfen, aber ich möchte die Großmutter nicht alleine lassen", gab er zur Antwort.

„Du brauchst deine Heimat vorerst nicht zu verlassen", sprach das Einhorn.

„Du sollst deine Aufgabe dort wahrnehmen, wo du bist, an den Menschen, die dir über den Weg geführt werden."

„Ach so!", rief Jason erleichtert aus. „Dann bin ich dazu bereit."

Da sprach das Einhorn: „Jason, Heiler, knie nieder! Empfange die Waffenrüstung des Lichtes: die Liebe, die Leib und Seele heilen kann, den Geist der

*Wahrheit und die Weisheit, die Mächte der geistigen Welt zu unterscheiden.*

*Steh auf – nun gehörst du zur Armee des Lichtes!" Mit diesen Worten berührte das Einhorn Jason mit seinem leuchtenden Horn. Da strömten Liebe, Frieden und Freude in sein Herz ein und er verlor alle Furcht.*

*„Und wie geht es jetzt weiter?", fragte er das Einhorn.*

*Es erwiderte: „Kehre nun zurück nach Hause. Lerne, so viel du kannst, und erweise allen Geschöpfen deine Liebe und Wertschätzung. Alles andere wird sich finden."*

*Jason verneigte sich vor dem Einhorn und wandte sich heimwärts. Als er fast zu Hause war, kam ihm das Nachbarskätzchen entgegen. Es hinkte und miaute kläglich.*

*Jason beugte sich zu ihm hinunter und sah, dass es sich einen Dorn in die Pfote getreten hatte. Er zog den Dorn heraus und hielt die Pfote behutsam in seinen Händen. Da spürte er, wie eine Wärme von seinen Händen ausging. Die Wunde hörte sogleich auf zu bluten. Noch nie hatte Jason so etwas erlebt. Das Kätzchen rieb sich dankbar schnurrend an seinem Bein. Nachdenklich ging Jason nach Hause.*

*Ein anderes Mal, als er wieder einmal im Dorf unterwegs war, sah er, wie ein Kind bei dem Versuch, über eine Mauer zu klettern, stürzte und zu* schreien begann. Jason nahm das Kind in die Arme und dann legte er seine Hand auf dessen blutendes Knie. Wieder ging eine Wärme von seiner Hand aus. Das Kind beruhigte sich und die Wunde begann zu heilen.

Die Mutter, die auf das Schreien des Kindes hin aus dem Haus gerannt war, sah das Wunder und staunte. – „Meine Mutter liegt krank im Bett und hat Schmerzen. Könntest du ihr vielleicht auch helfen?", fragte sie Jason hoffnungsvoll.

„Ich kann es versuchen", antwortete Jason schüchtern und ging mit ihr ins Haus.

Die alte Frau freute sich über den unerwarteten Besuch und Jason fragte, wo sie Schmerzen habe, und ob er sie anrühren dürfe. Dann legte er ihr vorsichtig die Hand auf den Kopf und auf die schmerzende Stelle. Sofort fühlte sie sich besser und lächelte ihn dankbar an.

Jasons Gabe sprach sich bald herum und aus dem ganzen Dorf kamen bald Kranke zum Haus seiner Großmutter oder er wurde zu ihnen gerufen. Entweder bereiteten sie Kräuter zu, um den Kranken zu helfen, oder Jason legte ihnen die Hände auf. Die meisten gingen gestärkt und geheilt wieder nach Hause. Doch nicht allen konnte er helfen.

Einmal, als er in das Haus einer Kranken trat, spürte er schon beim Hereinkommen die spannungsgeladene, ungute Atmosphäre zwischen ihr und den Angehörigen, die ihn gerufen hatten. In den Augen der Kranken sah er nur Hass und Groll. Sie empfing ihn mit giftigen Worten. Als er sie fragte, ob er sie anrühren dürfe, beschimpfte sie ihn. Ratlos sprach er zu ihr: „Was möchten Sie, dass ich für Sie tue?"

Da antwortete sie: „Wenn du das nicht selbst erkennst, bist du unfähig. Dann kannst du gleich wieder gehen!"

Bedrückt verließ Jason unverrichteter Dinge das Haus. Wieder daheim fragte er seine Großmutter: „Warum konnte ich diese Kranke nicht heilen?"

Da antwortete die Großmutter: „Die Heilkräfte fließen nur, wenn jemand bereit ist, sie zu empfangen. Ein Mensch, der der Finsternis zu viel Raum gibt, ist nicht mehr offen für die heilende Kraft des Lichtes."

Jason machte es Freude, den Menschen zu helfen, und er tat seine Arbeit bescheiden und geduldig. Mit den Dankesgaben bestritt er den Unterhalt für sich und seine Großmutter, die langsam gebrechlich wurde.

Eines Morgens rief die Großmutter Jason an ihr Bett: „Es ist Zeit für mich zu sterben. Du hast deinen Weg gefunden. Geh ihn treu in Liebe und Wahrheit. Dann wird es dir an nichts fehlen dein Leben lang."

„Nein, liebe Großmutter, du darfst nicht gehen.

Ich werde dich heilen!", rief Jason bestürzt.

Die Großmutter lächelte schwach: „Der Tod ist keine Krankheit. Man kann ihn nicht heilen. Er ist nur das Tor in die Welt, aus der wir kamen, bevor wir die Erde betraten.

Weine nicht! Ich werde immer um dich sein. Es ist nun aber Zeit, dir die Wahrheit über deine Eltern zu sagen:

Vor Jahren – nicht lange, nachdem du geboren warst – griff der Herrscher des Schwarzen Felsens aus dem Nachbarland unser Land an. Deine Eltern waren ebenfalls Heiler – genau wie du – und wollten der Armee des Lichtes, der auch unser Herrscher diente, mit ihren Gaben zur Seite stehen. Sie zogen in das Nachbarland und sind nie zurückgekehrt."

„Warum sind sie fortgegangen?", fragte Jason aufgewühlt.

„Sie wollten dir und allen anderen hier im Land das Überleben ermöglichen. Der Herrscher des Schwarzen Felsens hatte dieses Land mit Heuschrecken überzogen, die drohten, alles zu vernichten. Die Menschen litten Hunger und nur der mutige Einsatz der Armee des Lichtes konnte die Heuschrecken zurückdrängen."

„Was ist mit meinen Eltern geschehen?", fragte Jason erschüttert.

„*Das kannst nur du selbst herausfinden. Die Einhörner werden dir helfen.*" *Mit diesen Worten schloss seine Großmutter die Augen und verschied.*

*Jason war außer sich vor Schmerz und Trauer. Verzweifelt lief er in den Wald, um seine Gedanken zu ordnen. Er hoffte, dort das Einhorn wiederzutreffen. Aber es kam nicht.*

*Wenige Tage nach der Beerdigung seiner Großmutter fingen die Menschen wieder an, ihn für ihre Kranken um Hilfe zu bitten. Doch Jason musste feststellen, dass seine Hände ihre heilsame Wirkung verloren hatten. Er konnte es sich nicht erklären.*

*Kaum bemerkten die Dörfler dies, als sie auch schon anfingen, ihn zu schmähen:* „*Seit deine Großmutter, die alte Hexe, dir nicht mehr hilft mit ihrem Zauber, bringst du nichts mehr zuwege.*"

*Jason fühlte sich gedemütigt und wütend. Kurzerhand packte er ein paar Habseligkeiten zusammen, nahm seine Kräutertasche und verließ das Dorf, um seine Eltern zu suchen.*

*Er wanderte durch viele Dörfer und Städte. Überall bot er seine Dienste an. Er heilte Kranke mit den Kräutern, die er unterwegs sammelte – seine eigenen Heilkräfte hatten ihn ja verlassen.*

*Für seine Hilfe bekam er etwas zu essen und oft auch ein Quartier für die Nacht. Immer wieder fragte er nach dem ‚Herrscher des Schwarzen*

Felsens', von dem seine Großmutter gesprochen hatte, doch niemand hatte je von ihm gehört.

Nach und nach bemerkte er, dass das Land immer kärger wurde. Die Böden waren unfruchtbar und die Menschen sahen ausgemergelt aus.

Eines Abends – es war schon spät – kam er an ein kleines Haus und klopfte an die Tür. Eine ältere Frau öffnete ihm.

„Was willst du?", fragte sie mürrisch.

Er bot ihr seine Hilfe an und bat um ein Quartier und etwas zu essen, da er wegen der Dunkelheit nicht mehr weiterreisen könne.

„Wir haben selbst nichts!", knurrte ihn die Frau an. Sie wollte ihn gerade fortschicken, da ertönte aus dem Hintergrund eine liebliche Stimme:

„Lass ihn ein, Martha!"

Widerstrebend ließ die Frau ihn ins Haus. In der Stube sah er ein Mädchen sitzen, das ihn aus klaren Augen freundlich ansah.

„Ich glaube nicht, dass das eine gute Idee ist!", ließ Martha sich vernehmen, doch das Mädchen winkte ab und hieß Jason herzlich willkommen.

„Bring etwas zu essen und richte ein Lager für unseren Gast", wies es Martha an.

Murrend zog diese sich zurück, um den Weisungen nachzukommen.

„Mein Name ist Daria", stellte sich das Mädchen vor. „Wer bist du und was machst du hier?"

„Ich bin Jason", antwortete er. „Ich suche meine Eltern, die verschollen sind."

„Was ist passiert?", fragte Daria anteilnehmend.

„Meine Großmutter, bei der ich aufgewachsen bin, erwähnte einen ‚Herrscher des Schwarzen Felsens‘, gegen den sie gekämpft hätten, um das Land zu retten. Doch sie sind nie zurückgekehrt und niemand auf allen meinen Wegen kannte diesen Herrscher", vertraute Jason ihr an.

„Ich kenne ihn wohl", sagte Daria leise und senkte den Kopf. „Er hat auch meine Eltern auf dem Gewissen. Und seinetwegen kann ich meine Beine nicht mehr bewegen und bin an das Haus gefesselt."

Da erst bemerkte Jason, dass ihre Beine verkrüppelt waren. Traurig sagte er: „Bevor meine Großmutter starb, konnte ich Menschen mit meinen Händen heilen, aber ich habe diese Gabe leider verloren, sonst würde ich dir helfen."

„Gehörst du auch zur Armee des Lichtes?", fragte Daria überrascht.

„Du weiß davon?", fragte Jason aufgeregt zurück.

„Ja!", erwiderte sie. „Die Einhörner haben mir davon erzählt."

„Du kannst Einhörner sehen?", staunte Jason.

„Ich habe lange keines mehr gesehen. Dabei dachte ich, sie würden immer um mich sein", ergänzte er traurig.

„Kann es sein, dass du oft traurig oder wütend warst in letzter Zeit?", fragte Daria vorsichtig. Jason bestätigte es.

„Dann kannst du sie gar nicht sehen, denn Einhörner können nur von Menschen wahrgenommen werden, die Frieden und Liebe im Herzen tragen. Deshalb kannst du wohl auch nicht mehr heilen", erklärte Daria. „Du musst allen vergeben, die an dir schuldig geworden sind, damit wieder Frieden in deinem Herzen einkehrt."

„Das kann ich nicht!", rief Jason aus.

„Versuch es – auch wenn es eine Weile dauert", bat Daria. „Vergebung ist häufig ein längerer Prozess, aber du musst dich dafür entscheiden."

In diesem Moment kam Martha mit dem Abendbrot für ihn zurück. Mehr als trockenes Brot und etwas Wasser konnte sie ihm nicht anbieten. Nach dem kargen Mahl begaben sie sich alle zur Ruhe.

Das Frühstück war so karg wie das Abendbrot. Auf Jasons Frage, warum das Land so unfruchtbar sei, seufzte Daria und antwortete:

„Ich glaube, der Herrscher des Schwarzen Felsens ist dafür verantwortlich, aber ich kann es nicht beweisen und niemand glaubt mir. Er gräbt uns das Wasser ab, so dass nichts mehr wachsen kann."

„Wie lange geht das schon so?", wollte Jason wissen.

„Es war eine schleichende Entwicklung. Wir haben es erst gar nicht bemerkt bis es dann zu spät war", erläuterte Daria. „Und wir sind nicht die Einzigen, denen es so ergeht."

„Da muss man doch etwas tun!", rief Jason aus. „Ich muss ihn finden!"

„Willst du dich rächen oder willst du uns helfen?", fragte Daria und sah ihn an.

Jason zögerte kurz und erwiderte: „Ich will die Machenschaften dieses Herrschers beenden, weil er Finsternis verbreitet und die Menschen sich nicht gegen ihn wehren können. Ich habe versprochen, der Armee des Lichtes zu dienen!"

Da nahm Daria eine silberne Kette mit einem Kompass, die sie um den Hals trug, legte sie Jason um und sagte:

„Dieser Kompass ist ein Geschenk der Einhörner für dich. Du brauchst nur zu sagen, wohin du willst, und er wird dir den Weg weisen."

„Wenn ich nur wüsste, wie ich diesem Herrscher beikommen kann!", grübelte Jason.

„Du musst den magischen Taler finden, der ihm die Macht gibt, und ihn vernichten", antwortete Daria. „Die Einhörner haben mir gesagt, dass er ohne den

Zauber dieses Talers nichts ausrichten kann. Viel Glück!"

So machte Jason sich wieder auf den Weg. „Zum schwarzen Felsen!", sagte er zu dem Kompass und sogleich schlug die Nadel aus und zeigte ihm die Richtung an.

Nach mehreren Tagesreisen erblickte er in der Ferne einen spitzen schwarzen Felsen. Als er näher kam, sah er, dass eine Burg in den Felsen gehauen war. Sie war umgeben von einem riesigen tiefen Wassergraben. Jason überlegte, wie er diesen Graben unbemerkt überwinden könnte, denn oben auf den Zinnen der Burg konnte er Wachen patrouillieren sehen.

Er wartete die Nacht ab und suchte sich eine abgelegene Stelle, um ins Wasser zu steigen. Das Wasser war bitterkalt. Es verschlug ihm fast den Atem. Er ließ seine Kräutertasche und sein Bündel am Ufer zurück und schwamm mutig darauf los. Dabei bemühte er sich, möglichst wenige Geräusche zu machen. Immer wieder schaute Jason nach oben zur Burg.

Je näher er dem Felsen kam, desto mehr bemächtigte sich seiner eine seltsame Beklommenheit und Schwermut, so als wollte die Finsternis von seiner Seele Besitz ergreifen. Er dachte an die Einhörner und er dachte an Daria. Das gab ihm Kraft weiterzuschwimmen.

Der Graben war sehr, sehr breit, doch schließlich erreichte Jason unbemerkt den Felsen und stieg an Land. Er entdeckte ein Fenster, zwängte sich hindurch und fand sich in einer dunklen Kammer. Jason versuchte, seine Umgebung zu ertasten. Die Kammer war feucht und schien allerhand Gerümpel zu enthalten. Mehrmals stieß er schmerzhaft an. Endlich fand er eine Tür. Er lauschte nach draußen. Alles war still. So wagte er sich in den Gang.

*„Finde den Taler!", flüsterte er dem Kompass zu und die Nadel schlug gehorsam aus.*

Plötzlich hörte Jason Schritte. Schnell verbarg er sich in einer Nische. Ängstlich hielt er die Luft an, doch die vorbeipatrouillierenden Wachen sahen ihn nicht. Erleichtert setzte er nach einer Weile seinen Weg fort.

*Der Herrscher des Schwarzen Felsens schlief unruhig in dieser Nacht. Nach einiger Zeit rief er seinen Kammerdiener und sagte zu ihm: „Irgendetwas ist heute anders als sonst. Ich fühle, dass Licht in die Burg eingedrungen ist. Lass alles durchsuchen!"*

So schwärmten bald alle verfügbaren Wachen und Soldaten durch die Burg. Jason kam kaum voran, weil er sich immer wieder verstecken musste. Doch sein Kompass führte ihn schließlich durch einen geheimen Gang und ehe er sich versah, stand er im Thronsaal.

*Auf einem Sockel sah er den magischen Taler. Doch kaum hatte er ihn angerührt, als die Türen aufsprangen und des Herrschers Soldaten hereinstürmten.*

*„Ergreift ihn!", rief einer. Jason wich zurück. „Er hat den Taler!", rief ein anderer.*

*Dann trat der Herrscher selbst ein. Alle im Raum erstarrten. Als sein Blick sich mit dem Jasons traf, fühlte Jason, wie ihn Furcht und Schrecken erfassten. Seine Glieder wurden schwer wie Blei.*

*Mit der Kraft seiner Verzweiflung warf Jason den Taler aus dem Fenster.*

*Die Soldaten näherten sich ihm mit erhobenen Waffen. Sie hatten ihn umstellt und einige legten die Waffen an, um seinem Leben ein Ende zu setzen.*

*Plötzlich ertönte ein furchtbares Grollen und der Boden begann zu beben. Alle versuchten, sich irgendwie auf den Beinen zu halten. Der ganze Felsen wankte. Steine begannen von der Decke und den Wänden zu bröckeln. Jason sank von einem Stein getroffen zu Boden.*

*Als er wieder zu sich kam, lag er im Freien und sah ein Einhorn über sich. Es berührte ihn mit seinem leuchtenden Horn. Sofort fühlte er sich gestärkt und konnte wieder aufstehen. Er erkannte in dem Einhorn, das ihn geheilt hatte, jenes, das im Wald zu ihm gesprochen hatte.*

„Was ist passiert?", fragte er es verwirrt. Er war umgeben von Einhörnern.

Da sprach sein Einhorn zu ihm: „Du hast deine Sache gut gemacht!

Als der magische Taler in den Burggraben fiel, verlor er seine Wirkung, so dass die Armee des Lichtes Zugang zu der Festung erlangte. Die Burg ist zerstört, die Macht des heimlichen Herrschers der Welt gebrochen. Er selbst ist leider entkommen, aber er wird nie wieder eine solche Macht aufbauen können – jetzt, wo die Einhörner zur Erde zurückgekehrt sind."

„Was ist mit meinen Eltern?", fragte Jason das Einhorn.

„Sie sind nicht mehr auf der Erdenebene", antwortete es ihm, „aber wir haben jemand anderes gefunden, die dich liebt und auf dich wartet. Sieh dich um!"

Als Jason sich umdrehte, sah er Daria auf einem Einhorn sitzen. Sie streckte ihm ihre Arme entgegen und er fing sie auf, als sie vom Einhorn glitt. Sie umarmten sich inniglich.

„Lieber Jason, liebe Daria!", sprach das Einhorn.

„Ihr habt der Armee des Lichtes treu gedient und ausreichend Liebe und Weisheit erworben, um nun über euer Land herrschen zu können. Seid ihr dazu bereit?"

*Sie sahen sich an und dann das Einhorn. Ihre Blicke sagten alles.*

*„So nehmt nun Heil und Segen entgegen und reicht sie weiter an alle, denen ihr begegnet!", sprach das Einhorn. Dann berührte es mit seinem Horn Darias verkrüppelte Beine. Sogleich wurden ihre Beine gesund und sie machte einen Luftsprung vor Entzücken.*

*Die Einhörner brachten die beiden zu dem Schloss des Herrschers, mit dem Jasons Eltern seinerzeit im Dienste des Lichtes ausgezogen waren, denn auch er war nicht zurückgekehrt.*

*Dort lebten sie lange und in Frieden und regierten weise.*

# Die Symphonie des Lebens

*Es war einmal ein einsamer Ton. Die anderen Töne seiner Familie harmonierten ganz gut und klangen zusammen – nur er wollte nicht so recht dazupassen. Die übrigen Familienmitglieder machten keinen Hehl daraus, dass sie seinen Klang nicht schätzten, und so traute er sich kaum je zu erklingen. Aber was ist ein Ton, wenn er nicht erklingt?*

*So beschloss der einsame Ton eines Tages, von seiner Familie wegzuziehen. Er klang mal hier und klang mal da, aber er konnte keinen so rechten Sinn darin sehen.*

*„Wozu sind Töne auf der Welt?" fragte er sich.*

*Zufällig kam er an einem Baum vorbei, auf dem ein Vogel fröhlich zwitscherte. Das beeindruckte den umherwandernden Ton sehr und er fing vorsichtig an zu erklingen.*

*„Oh, wie schön du bist!" zwitscherte der Vogel. „Du hast in meiner Melodie noch gefehlt."*

*Und er schmetterte den Ton fröhlich in die Welt hinaus. Zum ersten Mal in seinem Leben hörte der Ton seinen vollen Klang.*

*„Wie schön ich bin", freute er sich. „Danke, lieber Vogel, dass du mir das gezeigt hast."*

*Ich danke dir", erwiderte der Vogel. „Du hast mein Lied bereichert!"*

Frohgemut zog der Ton weiter. Nicht lange, und er traf auf einen Geiger, der gerade eine neue Melodie ersann. Angeregt durch die vielen anderen Töne wagte es auch unser Ton zu erklingen – zuerst ganz vorsichtig, dann immer mutiger.

„Wie wunderbar!" rief der Geiger aus. „Du hast in meiner Melodie noch gefehlt!"

Und er wies dem Ton seinen Platz in dem neuen Musikstück zu. Wie war der Ton da so glücklich! Endlich hatte jemand Verwendung für ihn. Und er klang so schön wie noch nie in seinem Leben.

In dem Geiger fand er einen neuen Freund und so wagte er es, ihm die Frage seines Lebens zu stellen: „Wozu sind Töne auf der Welt? Sie erklingen und verwehen und niemand denkt mehr an sie."

„Einem Ton alleine mag das so erscheinen", antwortete der Geiger, „aber komm mit, ich zeige dir etwas."

Und so nahm der Geiger den Ton mit zu seinem Orchester. Dort erklangen so viele Töne, wie unser Ton es noch nie erlebt hatte. Schüchtern hielt er sich zurück.

„Du musst klingen!" rief sein Freund, der Geiger. „Denn sonst fehlt etwas in unserer Musik. Ein Ton lebt nur, wenn er klingt! Das Leben ist eine Symphonie. Es kommt auf jeden einzelnen Ton an! Wenn einer nicht erklingt, können die anderen das

*nicht ausgleichen und das Werk bleibt unvoll-*
*ständig."*

*Da fasste unser Ton Mut und erklang – mal bei den Geigen, mal bei den Trompeten, dann wieder bei den Flöten – und sprang bald munter durch das ganze Orchester, ebenso wie alle anderen Töne. Es war eine echte Freude. Endlich konnte er emp-finden, wozu Töne auf der Welt sind.*

## Das große Vergessen

*Es waren einmal zwei Kinder, die hießen Diana und Niko. Sie gingen miteinander durch Dick und Dünn. Gerne durchstreiften sie die Wälder und Felder in der Umgebung ihres Dorfes.*

*Sie liebten es, wenn die Häschen zu ihren Füßen spielten. Die Vögel setzten sich ihnen auf die Hand und zwitscherten ihre schönsten Melodien. Die Schmetterlinge tanzten auf und ab, und die Eichhörnchen sprangen munter um sie herum. Die Kinder besprachen die wichtigen Fragen ihres Lebens mit den weisen alten Bäumen und freuten sich am Schabernack der Naturwesen. Sie liebten es, wenn der Wind ihnen die Haare zerzauste, und er wusste auch allerhand lustige Spiele.*

*Stundenlang konnten sie alles andere vergessen, wenn sie in der Natur unterwegs waren.*

*Erst wenn die Kirchenglocken den Abend einläuteten, dachten sie wieder an zu Hause und kehrten schleunigst heim, da sie wussten, dass ihre Eltern mit dem Essen auf sie warteten.*

*Dianas Eltern freuten sich, wenn sie heimkam und ihnen von ihren Abenteuern erzählte.*

*Nikos Vater dagegen war sehr streng. Er arbeitete viel und war selten guter Laune, so dass oft eine gedrückte Stimmung bei Tisch herrschte. Erst wenn der Vater sich mit seiner Zeitung zurückzog,* konnte Niko seiner Mutter alles erzählen, was er so tagsüber erlebt hatte.

Sie glaubte ihm, wenn er berichtete, wie Diana und er mit den Bäumen und den Tieren sprachen, wie sie sich mit den Naturwesen im Wald neckten und mit dem Wind spielten.

Der Vater hatte für so einen „Unsinn" kein Verständnis. Er schnaubte verächtlich über eine solche „Zeitverschwendung" und rügte die Mutter, dass sie Nikos Erzählungen ernst nahm.

Bald wollte er Niko an das „wirkliche Leben" heranführen!

Als Niko Diana davon berichtete, wurde ihr das Herz schwer:

„Wenn dein Vater dir das „wirkliche Leben" zeigt, werde ich dich verlieren. Du wirst vergessen, wer du bist und was wirklich wichtig ist. Genau wie dein Vater!"

„Ich werde nie so werden wie mein Vater!", rief Niko im Brustton der Überzeugung aus. „Wenn ich mit meinem Vater zur Arbeit gehe, werde ich gleich danach zu dir zurückkehren und wir werden weiterhin viele Abenteuer erleben. Mach dir keine Gedanken – wir werden immer zusammenbleiben!"

Doch Diana war untröstlich:

„Versprich mir, nie zu vergessen, was wir gemeinsam erlebt haben."

Niko lächelte sie aufmunternd an: „Ich verspreche es dir!"

Danach sprach keiner von beiden mehr darüber. Die Tage plätscherten dahin und es verging einige Zeit.

Dann kam der große Tag: Niko durfte das erste Mal mit seinem Vater in die Fabrik gehen. Begeistert erzählte er Diana abends von den großen Hallen voller Maschinen, den vielen Menschen und den vielen interessanten Dingen, die dort hergestellt wurden. Diana hörte genau zu. Es war eine neue, faszinierende Welt.

Danach wandten sie sich wieder ihren Spielen zu. Doch es hatte sich etwas verändert. Niko begann bald, sich zu langweilen und abschätzige Bemerkungen zu machen. Das betrübte Diana sehr. Und es dauerte nicht lang, da kam er nicht mehr regelmäßig zu ihr. Wenn sie nach ihm fragte, fand er zunehmend Ausreden, oft war er auch einfach zu müde von der Arbeit.

So ging Diana nun meistens allein in den Wald. Die Bäume flüsterten ihr zu:

„Sei nicht traurig. Alles kommt wieder. Auch du wirst die Straße des Vergessens gehen. Doch eines Tages wirst du dich erinnern. Wir werden auf dich warten."

Bald war sie alt genug, ihrer Mutter in Haus und Garten zur Hand zu gehen, und sie tat es gerne.

*So langsam schloss sich die Tür zum Erleben der Kindheit und andere Dinge traten in den Vordergrund.*

*Die jungen Leute des Dorfes trafen sich zu Geselligkeit und Tanz und schon bald hielt einer der jungen Männer um ihre Hand an. Ein eigenes Heim wurde eingerichtet und bezogen. Das erste Kind kündigte sich an und so waren die Tage angefüllt mit Pflichten und Freuden, die kaum Zeit zur Muße ließen.*

*Diana sorgte gern für ihre Familie und bald schon stromerten ihre Kinder durch Wald und Feld und berichteten von ihren Abenteuern. Sie war erstaunt über deren blühende Phantasie, doch die Kammern zu den Wundern ihrer eigenen Kindheit blieben ihr verschlossen.*

*Niko erging es nicht besser. Er zog in die Stadt, wo es besser bezahlte Arbeit gab, doch diese kostete ihn alle Zeit und Kraft, die er aufbringen konnte, denn auch er hatte eine Familie zu versorgen. So verloren sich die beiden aus den Augen.*

*Die Jahre vergingen und ihre Kinder gründeten ihrerseits Familien.*

*Wenn Diana nun ihre Enkel im Wald beim Spielen beobachtete, wie sie mit unsichtbaren Freunden sprachen und mit dem Wind Haschen spielten, wenn sie dann unter einem der alten Bäume* eindöste, vermeinte sie ein Flüstern in deren Rauschen zu vernehmen:

„Erinnere dich!“

Dann ging ihr der Gedanke durch den Kopf: „Und wenn es wahr wäre, was die Kinder erleben?“

Mehr und mehr öffnete sie sich wieder der Wunderwelt der Kinder. Was sie früher als „blühende Phantasie“ abgetan hatte, schien ihr zunehmend wirklicher zu werden.

Je mehr Zeit sie sich für Muße, für Ausruhen und Nachdenken nahm, desto mehr begann sie, hinter der geschäftigen Welt des Alltagstrubels eine neue, eine andere Welt zu entdecken, deren Zauber sie sich nicht entziehen konnte.

Sie begann, wieder an die Naturwesen zu denken und manchmal vermeinte sie, etwas oder jemanden in ihrer Nähe zu spüren, wenn sie auch nichts sehen konnte.

In dieser Zeit starb Nikos Vater und so sah sie Niko, der zu dessen Beerdigung ins Dorf zurückkehrte, nach langer, langer Zeit wieder. Sein Blick war stumpf und seine Schultern gebeugt, so als würde er eine schwere Last tragen. Sie erschrak, ihn so zu sehen.

Doch sie ließ sich nichts anmerken und begrüßte ihn freudig. Seine Reaktion war verhalten. Er wirkte müde.

„Arbeitest du noch in der Fabrik?", fragte sie ihn voller Mitgefühl.

„Noch!", kam die resignierte Antwort. „Sie wollen mich bald durch einen Roboter ersetzen."

„Ach", dachte Diana bei sich, „du wirkst ja selbst schon fast wie ein Roboter!"

Laut sagte sie: „Hättest du nicht Lust, einmal wieder mit mir in den Wald zu gehen? Weißt du – wie früher?"

Er zögerte. Nein, er hatte keine Lust, aber er wollte sie nicht verletzen.

Begeistert fuhr sie fort: „Ich werde uns einen Picknickkorb packen und wir werden es uns dort schön machen. Du kannst bestimmt ein bisschen Erholung gebrauchen."

Da ihr viel daran zu liegen schien, stimmte er schließlich widerstrebend zu.

Sie picknickten auf einer Decke und er lehnte sich mit dem Rücken an einen der uralten Bäume. Er sah Diana an: Schön sah sie aus, wenn auch das Leben seine Spuren in ihrem Gesicht eingegraben hatte. Ihre Heiterkeit und ihre liebevolle Art ließen sie sehr jung wirken.

Sie steckte ihn an, wie sie so voller Freude in Erinnerungen schwelgte, und eine Sehnsucht nach einem Stück heiler Welt keimte in ihm auf.

Er fühlte sich erschöpft und ausgelaugt. Wie schön wäre es, an alte Tage anzuknüpfen. Er lehnte seinen Kopf an den Baum, ließ die Gedanken schweifen und döste. Der Wind spielte in seinen Haaren und die Bäume flüsterten ihm zu:

„Erinnerst du dich? Da gab es noch etwas anderes..."

Bald war er fest eingeschlafen und begann zu träumen: Sein Vater kam über eine bunte Blumenwiese auf ihn zu und sah ihn liebevoll an.

„Niko!", sagte er, „Ich war ein Narr! Mach nicht den gleichen Fehler wie ich! Du kannst nichts mitnehmen, außer der Liebe, die du verschenkt hast. Kehr um zu dem, was du einmal wusstest und vergiss nicht zu leben – dein Leben, nicht meines! Machs gut."

Der Traum war so eindrücklich und klar, dass Niko ihn Diana erzählen musste. Die sah ihn schweigend an.

„Meinst du, dass es eine Botschaft war?", fragte Niko.

Diana nickte.

Die Botschaft beschäftigte Niko noch lange. Als er dann tatsächlich seine Arbeit an einen Roboter verlor, zog er mit seiner Frau Norina zurück in sein Elternhaus zu seiner Mutter.

Die Atmosphäre des Dorfes bekam ihm gut, besser als die Hektik in der Stadt. Seine Frau freundete sich mit Diana an und sie verbrachten viel Zeit gemeinsam mit ihren Kindern und Enkeln. Niko lernte das Leben nun von einer ganz anderen Seite kennen. Arbeitslos war er nie. Wenn er nicht in Haus und Garten zu tun hatte, ging er seiner Mutter zur Hand oder half Nachbarn aus.

Oft ging er nun auch alleine oder mit anderen in Feld und Wald spazieren und genoss es, nicht funktionieren zu müssen, sondern einfach nur zu sein. Jetzt erst merkte er, wie sehr er sich versklavt gefühlt hatte durch den festen Rhythmus, dem er bei seiner Arbeit unterworfen gewesen war. Er hatte völlig gegen seine Natur gelebt.

Gerne hörte er nun Diana, Norina und den Kindern zu, wenn sie erzählten, was ihnen wichtig war. Das wäre ihm bis dahin nie in den Sinn gekommen.

Sein Traum brachte ihn zurück auf den Weg zu den Quellen der Freude und Erfüllung und er war Diana und Norina außerordentlich dankbar, dass sie ihn teilhaben ließen an ihren Erfahrungen und Anteil nahmen an den seinen.

Er fühlte sich mit jedem Tag jünger und lebendiger und staunte über sich.

Diana beobachtete, wie Niko mit den Kleinen umging, und wie viel Freude er an ihren Spielen hatte. Sie spürte, wie er zunehmend friedvoller und gelassener wurde, und wie er sich mehr und mehr für seine Umgebung öffnete. Bald fühlten sie wieder ihre alte Verbundenheit.

Je mehr Zeit sie mit den Kindern verbrachten, je mehr sie sich auf deren Spiele und ihre Welt einließen, umso mehr erfasste sie ein Ahnen, dass vielleicht nicht alles reine Phantasie sei, was sie erzählten. Und sie fragten sich: „Was, wenn es wahr wäre?"

So schloss sich der Kreis und sie kehrten nach vielen Jahren zu dem inneren Wissen zurück, das sie als Kinder besessen hatten.

# Das verkümmerte Herz

Es war einmal ein kleines Mädchen namens Margareta. Das liebte es, zu tanzen und zu singen, zu lachen und zu springen. Es liebte die Blumen und die Bäume, die Schmetterlinge und die Vögel und spielte gern mit den Tieren des Waldes, in dem es lebte.

Solange Margareta klein war und ihre Eltern keine Verwendung für sie hatten, genoss sie große Freiheit.

Eines Tages jedoch sagten die Eltern zu ihr: „Es wird Zeit, dass du den Ernst des Lebens kennenlernst. Jetzt ist Schluss mit dem Gehopse und Gesinge und der üblen Zeitverschwendung mit den Tieren im Wald."

Als Margareta das hörte, zog sich ihr Herz so sehr zusammen, dass es wehtat.

„Ab jetzt", sprach die Mutter, „wirst du das Haus sauber halten und dich um den Garten kümmern, während wir arbeiten gehen. Und wehe, du treibst dich im Wald herum!"

„Aber ich will doch meine Freunde, die Tiere, besuchen und mit ihnen reden", entgegnete Margareta.

„Dieser Unsinn hört jetzt auf. Mit Tieren kann man nicht sprechen. Und außerdem hast du gar nichts zu wollen!", schimpfte die Mutter. Wieder fühlte

Margareta einen Schmerz im Herzen, so als ob dieses ein winziges Stück geschrumpft wäre.

Da sie ihre Eltern liebte und dachte: „Sie meinen es ja gut mit mir!", tat sie wie sie geheißen. Wenn die Eltern arbeiteten, besorgte sie alles, was in Haus und Garten zu tun war, und oft kamen ihre Freunde, die Tiere, vorbei und spielten mit ihr.

Immer wieder ermahnten die Eltern sie, keine Zeit zu verschwenden, sondern ihre Arbeit zu tun. Je fleißiger Margareta war, desto mehr Aufgaben fanden ihre Eltern für sie.

Nie waren sie zufrieden – immer höher wurden ihre Ansprüche, immer bissiger ihre Zurechtweisungen. Mit jedem Tadel fühlte Margareta, wie ihr Herz ein Stückchen schrumpfte, bis es schließlich völlig verkümmert war.

Jahre später – Margareta war zu einer jungen Frau herangewachsen – begannen die jungen Männer der Umgebung, ihr den Hof zu machen. Doch sobald sie in ihre Nähe kamen, sahen sie das tiefe Loch an der Stelle, an der eigentlich das Herz hätte sein sollen, und wandten sich ab.

Die Menschen im nahe gelegenen Dorf begannen über die 'Frau ohne Herz' zu tratschen, und bald ließ sich niemand mehr bei ihr blicken.

Ihre Eltern gaben ihr die Schuld und tadelten sie: „Nicht einmal zum Heiraten bist du zu gebrauchen!"

Da lief Margareta schluchzend von zu Hause fort in den Wald, der ihr längst nicht mehr vertraut war. Sie hatte schon lange Zeit nicht mehr dorthin gehen dürfen, denn sonst hätte sie ihre Arbeit in Haus und Garten nicht schaffen können.

Sie lief und lief, ohne auf den Weg zu achten, immer tiefer in den Wald hinein. Und sie fragte sich, wie sie das Loch an der Stelle ihres Herzens stopfen könnte. Erschöpft sank sie schließlich am Fuße eines Felsens nieder. Ein Fuchs kam vorbei, sah ihre Verzweiflung und fragte sie: „Was fehlt dir?"

„Mir fehlt ein Herz!", antwortete ihm Margareta.

„Na, wenn es weiter nichts ist", meinte der Fuchs, „da kann ich dir helfen: Steig nur hinauf auf den Felsen. Auf der Spitze befindet sich ein Adlerhorst. Heb ihn hoch und du findest, was du suchst."

Zögernd folgte Margareta dem Rat des Fuchses und erklomm mit viel Mühe den Felsen. Wie angekündigt, fand sie dort den Adlerhorst. Er war unbewohnt. Sie hob ihn hoch und fand darunter ein Herz aus Stein. Es passte wie gemacht für das Loch an der Stelle, wo ihr Herz einst gewesen war. Als sie auf diese Weise das Loch verschlossen hatte, kehrte sie nach Hause zurück.

Doch die Menschen bemerkten bald, dass mit ihr immer noch etwas nicht stimmte. Da Margareta sich mit ihrem Herzen aus Stein nicht in andere einfühlen konnte, wurde sie oft als rücksichtslos empfunden. So mieden die Menschen sie weiterhin.

Also flüchtete sie wieder in den Wald. Als sie weit, weit gelaufen war, sah sie plötzlich etwas im Moos glitzern. Sie trat näher und fand ein gläsernes Herz genau in der Größe ihres steinernen Herzens. Da Letzteres ihr nicht gut gedient hatte, tauschte sie es gegen das gläserne Herz aus und machte sich wieder auf den Heimweg.

Nun konnten ihr zwar alle Menschen ins Herz sehen, aber deshalb wollten sie erst recht nichts mehr mit ihr zu tun haben, da sie eben neben ihren lichten auch alle ihre dunklen Seiten auf Anhieb erkennen konnten. Weil aber einige sehr unvorsichtig mit ihrem gläsernen Herzen umgingen, zerbrach es schließlich in tausend Stücke.

So musste sie auch diesmal wieder fliehen. Traurig setzte sie sich unter einen Baum. Darauf saß ein Rabe. Der fragte sie: „Was bedrückt dich?"

„Niemand liebt mich, weil mein Herz verkümmert ist, und ich nichts finde, womit ich es ersetzen kann", klagte Margareta.

„Um dein Herz wiederzubekommen, musst du durch das Tränenmeer schwimmen. An seinem Grund findest du, was du suchst", riet ihr der Rabe.

„Wie gelange ich dorthin?", wollte Margareta wissen.

„Durchquere diesen Wald, bis du zu der daran angrenzenden dürren Ebene kommst. Dort wirst du einen hohen Kristallberg sehen, der dir die Richtung zum Tränenmeer weist.

So durchwanderte Margareta den dunklen Wald, bis die Bäume sich lichteten und sie zu der dürren Ebene kam, wie der Rabe gesagt hatte. Viele Tage und Nächte war sie unterwegs, immer in Richtung auf den Kristallberg zu. Die Ebene schien kein Ende zu nehmen.

Als sie schon die Hoffnung aufgeben wollte, erblickte sie die ersten Wellen des Tränenmeeres. Mutig stürzte sie sich hinein. Die Wellen schlugen über ihr zusammen und überwältigten sie schier, doch sie gab nicht auf. Sie holte noch einmal tief Luft und tauchte unter. Tiefer und tiefer tauchte sie und plötzlich sah sie etwas glänzen.

Als sie näher kam, stellte sie fest, dass es ein Herz aus Gold war. Sie ergriff das Herz und nahm es mit an die Oberfläche. Dort setzte sie es in die Lücke ein, die ihr zerbrochenes Herz hinterlassen hatte und kehrte wiederum heim.

Von nun an war sie bei den Menschen wohlgelitten, denn sie war nur für andere da und vergaß sich selbst. Alle bewunderten ihr Herz aus Gold. Sie war dankbar, dass sie wieder unter Menschen sein durfte, und konnte vielen von ihnen mit ihrem Fleiß und ihren Talenten helfen. Und doch fehlte ihr etwas.

Eines Tages, als sie gerade am Dorfbrunnen ausruhte, kam ein junger Handwerksbursche namens Gottlieb auf seiner Wanderschaft an dem Brunnen vorbei. Er war, wie die anderen, fasziniert von ihrem goldenen Herzen, aber er sah auch, dass sie traurig war.

„Was fehlt dir?", fragte er sie.

„Ach, nichts", antwortete sie und wandte sich ab.

Er ließ jedoch nicht locker und setzte sich zu ihr: „Warum bist du dann so traurig?"

Da brach es aus ihr heraus: „Mir fehlt mein Herz! Das, welches ich habe, ist nur ein Ersatz, auch wenn es aus Gold ist.

Früher konnte ich tanzen, singen, lachen und lieben, aber jetzt ist mein Herz leer."

„Wie ist das passiert?", wollte Gottlieb wissen.

„Das weiß ich nicht genau", antwortete Margareta. „Früher hatte ich ein Herz wie alle anderen Menschen. Dann wurde es kleiner und kleiner bis es schließlich fast ganz weg war."

„Komm mit!", rief Gottlieb aus. „Wir wollen zu der weisen Eule in den Wald gehen und sie um Rat fragen."

„Ist das auch kein Umweg für dich?", fragte Margareta zögernd.

„Ein wichtiger Weg ist nie ein Umweg", meinte Gottlieb, „und dieser Weg ist für dich wichtig." So gingen sie los.

Wie erwartet, wusste die Eule Rat: „Wenn ihr etwa eine Tagesreise weit tiefer in den Wald geht, findet ihr eine Hütte, in der ein alter Webstuhl steht. Webt darauf gemeinsam ein Tuch und bringt es mir."

Die beiden machten sich sogleich auf den Weg. Als es dunkel wurde, erreichten sie die Hütte. In ihren Fenstern schien Licht. Drinnen sahen sie eine alte Frau sitzen und weben.

„Kommt nur herein!", sprach die alte Frau, ohne von ihrer Arbeit aufzusehen.

Schüchtern traten sie ein. Sie grüßten und Gottlieb wollte ihr Anliegen vortragen, doch die alte Frau unterbrach ihn: „Ich weiß, weshalb ihr gekommen seid. Doch um den Webstuhl benutzen zu dürfen, müsst ihr mir das Herz aus Gold geben."

„Aber dann habe ich ja wieder kein Herz!", seufzte Margareta.

„Ich gebe dir einfach ein Stück von meinem Herzen", tröstete Gottlieb sie. Die alte Frau lächelte. Kaum hielt sie das goldene Herz in Händen, war sie auch schon verschwunden.

Gottlieb und Margareta setzten sich an den Webstuhl und geschwind wie der Wind schoss das

Weberschiffchen zwischen ihnen hin und her. Sie sahen sich liebevoll in die Augen und mit jedem gewebten Faden wuchs ihre Verbundenheit. Im Nu hatten sie ein traumhaft schönes Tuch gewebt. Glücklich und erschöpft schliefen sie schließlich Seite an Seite ein.

Am nächsten Tag kehrten sie mit ihrem kostbaren Tuch zu der Eule zurück. „Wie fühlst du dich?", fragte die Eule die junge Frau.

Margareta hielt inne und fasste sich ans Herz. „Wie kann das sein?", flüsterte sie ergriffen. „Ich habe wieder ein lebendiges, fühlendes Herz!"

„Ja", sprach die Eule, „nur die Liebe eines anderen Menschen konnte dir wieder ein echtes Herz wachsen lassen. Das Weben des Tuches diente nur dazu, ihm Zeit zum Wachsen zu geben. Wenn ihr wollt, sind die Hütte und der Webstuhl euer. Ihr könnt weiterhin Tücher weben und sie im Dorf verkaufen."

So machten sie es und lebten fortan glücklich und zufrieden zusammen.

## Der Schmetterling,
## der alles so schwer nahm

*Es war einmal ein kleiner bunter Schmetterling. Der saß, wie so oft, auf einer Blüte und seufzte schwer, wenn er auch den köstlichsten Nektar saugte.*

*„Was seufzt du denn so schwer?", fragte eine Biene, die gerade vorbeisummte.*

*„Ach!", stöhnte der kleine Schmetterling, „Das Leben ist so furchtbar schwierig!"*

*„Was ist denn für dich so schwierig daran?", fragte die Biene überrascht.*

*„Na ja", antwortete der Schmetterling, „es ist so anstrengend von Blüte zu Blüte zu flattern, um genügend Nahrung zu sammeln."*

*Die Biene erwiderte verdutzt: „Wieso denn das? Du brauchst doch nur für dich zu sorgen! Schau mich an! Ich muss einen ganzen Bienenschwarm versorgen und bin doch immer fröhlich bei der Arbeit und summe mir ein Liedchen.*

*Du bist doch ein Schmetterling – nimms leicht!" Fort war sie.*

*Der kleine Schmetterling dachte nach.*

*Doch bald senkte er seinen Rüssel seufzend in die nächste Blüte. Ein Regenwurm steckte den Kopf aus dem Boden: „Was seufzt du denn so schwer?"*

„Ach!", antwortete der Schmetterling, „Ich muss mich ständig plagen, um genügend Nahrung für mich zu sammeln."

„Sei doch froh, dass du fliegen kannst!", sprach der Regenwurm. „Früher, als du noch eine Raupe warst, musstest du am Boden kriechen wie ich. Doch du hast Flügel bekommen, während ich mich weiterhin mühsam durch das Erdreich arbeiten muss – und doch habe ich immer alles, was ich brauche, im Übermaß. Dafür bin ich sehr dankbar. Vielleicht machst du es dir selbst zu schwer. Sieh auf das Gute in deinem Leben!"

Der kleine Schmetterling dachte nach.

Es dauerte jedoch nicht lang und er flatterte seufzend weiter zur nächsten Blüte. Eine Hummel hörte ihn und fragte mitfühlend: „Was seufzt du denn so schwer?"

„Ach!", antwortete der Schmetterling, „Es ist so schwer gegen den Wind anzukommen, wenn ich von einer Blüte zur nächsten fliege. Es kostet mich so viel Kraft!"

Die Hummel erwiderte: „Das verstehe ich. Schau mich an! Mein Leib ist eigentlich zu schwer für meine kleinen Flügel, aber ich lasse mich vom Wind tragen, statt gegen ihn anzukämpfen."

„Aber dann komme ich doch nicht genau zu der Blüte hin, zu der ich will", gab der Schmetterling zurück.

*„Weißt du denn, ob der Wind dich nicht zu einer noch köstlicheren Blüte tragen würde?", fragte die weise Hummel. „Den Wind kannst du nicht besiegen, aber du kannst ihn dir zum Freund machen. Nimm dich nicht so ernst und lasse dich führen. Probiere es einfach aus!"*

*Das tat der kleine Schmetterling. Wenn der Wind ihm ins Gesicht blies, machte er fortan eine Kehrtwendung und ließ sich von ihm tragen. Und er merkte, dass es ihm auch so an nichts fehlte. Zum ersten Mal in seinem Leben fühlte er sich leicht wie ein Schmetterling.*

# Der zahnlose Drache

In einem fernen Land lebte vor geraumer Zeit ein kleiner Drache, der hatte keine Zähne. Denn jedes Mal, wenn er den erwachsenen Drachen widersprochen hatte und streng dafür bestraft worden war, hatte er seltsamerweise stets einen Zahn verloren, bis er eben keinen einzigen mehr in seinem Maul hatte. Eine Schande für ein so wehrhaftes Tier wie einen Drachen!

Die anderen Drachen spotteten nur über ihn: „Du bist vielleicht ein komischer Drache – kannst ja nicht mal richtig zubeißen!" Und so ließen ihn die Drachenkinder auch nicht mehr mitspielen. Seine Eltern schämten sich seiner.

Als sie größer waren, wurden die jungen Drachen im Sammeln und Horten von Schätzen unterwiesen. Unser Drache stellte sich dabei jedoch recht ungeschickt an: Ihm fiel alles aus dem Maul, da er es nicht mit den Zähnen festhalten konnte. Auch beim Feuerspeien wurde er zum Gespött der anderen, da er die Flamme ohne Zähne nicht lenken konnte. So gab er bald jeden Versuch auf, es zu erlernen. Bei der gemeinsamen Jagd ergab sich ebenfalls ein Problem: Wie sollte er ein Tier zu fassen bekommen, wenn er nicht zubeißen konnte?

Natürlich fiel er auch bei den Mahlzeiten auf, da er kein Fleisch fressen konnte und nur von Pflanzen lebte, die er mit den Kiefern zermahlen konnte.

*Und während die anderen nur alle paar Tage auf die Jagd gingen, musste er sich ständig auf Nahrungssuche begeben, da er viel mehr Pflanzen brauchte um satt zu werden, als wenn er Fleisch hätte fressen können.*

*Meistens zog er alleine los, da die anderen anderweitig beschäftigt waren, wenn sie gerade nicht jagten. Und während die übrigen jungen Drachen so nach und nach alle Fertigkeiten lernten, die ein Drache so beherrschen muss, um in der Welt zurechtzukommen, zog sich der zahnlose Drache mehr und mehr zurück, denn keiner wollte etwas mit ihm zu tun haben, weil er so anders war. Oft weinte er sich in den Schlaf.*

*Da er sich nicht wehren konnte, machten die anderen Drachen sich einen Spaß daraus, ihn zu ärgern bis er um sich schlug und biss. Dann lachten sie ihn aus, weil sie ja wussten, dass er ihnen nichts anhaben konnte. Außerdem waren sie viele und er alleine. Er war ihnen hoffnungslos unterlegen.*

*So wuchs der zahnlose Drache auf und wurde scheu und zurückhaltend. Er traute keinem mehr. Zu oft war er enttäuscht worden.*

*Als er groß war, zog es ihn in die Welt hinaus – weit fort von seinesgleichen. Die Tiere und Menschen, die er unterwegs traf, hatten zunächst großen Respekt vor ihm, wenn er auftauchte, denn er wirkte groß und stark. Doch merkten sie bald,* dass sie ihn nicht zu fürchten brauchten. Viele schätzten sein freundliches, stilles Wesen. Nur wirklich ernst nahm ihn keiner.

Eines Tages kam er zufällig an einer Schmiede vorbei. Der Meister war gerade dabei, ein glühendes Stück Metall zu bearbeiten. Mit einem Blasebalg versuchte er gleichzeitig, ein Feuer in Gang zu halten. Als er den Drachen vorbeikommen sah, hatte er eine Idee. „Willst du nicht bei mir in die Lehre gehen? So jemanden wie dich könnte ich gebrauchen!", sprach er ihn an.

Das hatte noch nie jemand zu dem Drachen gesagt. Unsicher und schüchtern fragte er: „Ist das dein Ernst?"

„Aber natürlich!", rief der Schmied aus. „Du bist doch ein Drache! Du kannst doch Feuer speien! Wenn du geschickt bist, könntest du das Metall am Glühen halten, während ich es bearbeite, und ich müsste mich nicht mehr zusätzlich um das Feuer kümmern."

„Ich glaube, ich kann das nicht", zögerte der Drache, „ich habe es nie gelernt."

„Ach, was!", widersprach der Schmied. „Wir probieren es einfach mal aus!" Und er zeigte ihm, wo er die Flamme brauchte. Beim ersten Versuch traute sich der Drache nicht so recht und das Flämmchen, das aus seinem Maul kam, war kaum wahrnehmbar. „Fester blasen!", rief der Schmied.

Der zweite Versuch war ein Desaster. Der Drache spie fester, doch er konnte die Flamme nicht lenken und versengte dem Schmied beinahe die Hände. Erschrocken wandte er sich ab und schämte sich fürchterlich. Doch der Schmied gab nicht auf. Er nahm den Drachen mit vor die Schmiede und deutete auf einen Pfahl:

„Wir müssen das üben. Versuche auf diesen Pfahl zu zielen."

Es wollte dem Drachen jedoch nicht gelingen – nicht beim nächsten Mal und auch nicht bei den folgenden Versuchen. Immer kam das Feuer überall aus seinem Maul – nicht nur vorne. Die Leute, die vorbeikamen, blieben stehen, besahen sich das sonderbare Schauspiel und lachten.

„Was gibt es denn da zu lachen?", schimpfte der Schmied. „Könnt ihr es besser?"

Der Drache war verwundert: Jemand setzte sich für ihn ein! Jemand, der ihn kaum kannte! Da fasste er Vertrauen zu dem Schmied.

Der Schmied verscheuchte die unerwünschten Zaungäste und sie übten weiter. Bis der Schmied einen Einfall hatte: „Vielleicht geht es, wenn du deine Zunge an den Seiten einrollst und so den Feuerstrahl lenkst", schlug er vor.

Das tat der Drache und erzeugte so eine Flamme, die genau auf den Pfahl gerichtet war. Beide jubelten.

„So funktioniert es!" rief der Schmied. „Ich bin stolz auf dich!"

Der Drache wusste nicht, wie ihm geschah. So ein Gefühl kannte er gar nicht: Er war verlegen, aber auch stolz und glücklich. Und so blieb er bei dem Schmied als sein Lehrling und bald als Geselle. Sie wurden ein wunderbares Gespann. Der Drache spie sein Feuer und wurde immer besser darin, die Werkstücke glühend zu halten, so dass der Schmied sie bearbeiten konnte.

So sparte der Schmied viel Zeit, konnte mehr Aufträge annehmen als bisher und es ging den beiden gut.

Eines Tages, als der Drache gerade Mittagspause machte und im Hof ein Sonnenbad genoss, kam eine Gruppe Kinder vorbei. Der Frechste deutete auf den Drachen und rief: „Wer hat Angst vor so einem Drachen? Der hat ja nicht mal Zähne!"

Die anderen lachten. Da schämte sich der Drache sehr und zog sich ins Haus zurück. Der Schmied hatte alles mit angesehen und sagte zu ihm: „Du bist doch ein großes mächtiges Wesen. Du musst dich zeigen, wie du bist. Wenn du ausreißt, werden sie nie Respekt vor dir haben!"

„Wie soll ich das denn machen? Ich habe ja nun mal wirklich keine Zähne!", seufzte der Drache.

„Das nächste Mal, wenn jemand dir so kommt, spann deine mächtigen Flügel auf. Und wenn das nicht reicht, speie Feuer. Zeig dich!", ermutigte ihn der Schmied.

Und so geschah es. Als der freche Bengel mit seinem Gefolge ihn das nächste Mal verspottete, richtete sich der Drache zu seiner vollen Größe auf, breitete seine Flügel aus und stieß einen markerschütternden Schrei aus. Da nahmen die Kinder die Beine in die Hand und hast-du-nicht-gesehen waren sie alle verschwunden. Der Drache war überrascht: Das war ja gar nicht so schwer!

„Die kommen so schnell nicht wieder!", lachte der Schmied – und so war es auch.

Trotzdem fühlte sich der Drache traurig, weil er sich nicht als vollwertigen Drachen ansah. Ein so mächtiges Tier ohne Zähne – das muss man sich einmal vorstellen!

Da kam dem Schmied der Gedanke, dem Drachen einfach ein Gebiss zu schmieden. Er nahm Maß und abends, wenn die andere Arbeit getan war, werkelte er solange herum bis er ein prachtvolles Gebiss gefertigt hatte. Das schenkte er dem Drachen, der vor Rührung einige riesige Drachentränen vergoss.

Es stellte sich jedoch heraus, dass der Drache gar nicht wusste, wie er damit umgehen musste – er hatte ja von Kindheit an keine Zähne mehr besessen. Und so biss er sich erst einmal kräftig auf die Zunge. Das tat weh und blutete sogar!

Das Gebiss fühlte sich wie ein Fremdkörper an und wie ein Werkzeug, dessen Gebrauch ihm nicht vertraut war. Auch wollte er ja niemandem etwas zuleide tun und nicht auf die Jagd gehen, wie es Drachenart war.

Da fragte ihn der Schmied: „Wozu hast du dir als Kind Zähne gewünscht? Was hättest du damit besser machen können?"

„Na ja", meinte der Drache, „ich konnte nie Schätze sammeln wie die anderen oder auf die Jagd gehen, und beim Feuerspeien konnte ich die Flamme nicht ausrichten. Außerdem hat keiner mich als zahnlosen Drachen ernstgenommen."

„Brauchst du dafür auch heute noch Zähne?", fragte der Schmied. „Du bist doch jetzt groß und stark! Wenn du dich nicht klein machst, sondern dich zeigst wie du bist, werden dir alle den dir gebührenden Respekt erweisen. Die Flamme kannst du auch mit der Zunge ausrichten, das wissen wir, und die Art von Schätzen, die Drachen sammeln, sind von anderen gestohlen. Dein Schatz ist dein gutes Herz, weswegen du ja auch nicht jagen gehen willst. Also – wofür brauchst du Zähne?"

Das gab dem Drachen zu denken, und er nahm das Gebiss wieder aus dem Maul. Von da an stand er zu seiner Zahnlosigkeit. Vielleicht war er sogar ein bisschen stolz darauf, denn es machte ihn einzigartig.

Der Drache lernte also weit mehr bei dem Schmied als Feuerspeien. Zum ersten Mal in seinem Leben erfuhr er, was es hieß, angenommen und geschätzt zu werden. So wurde durch die Liebe des Schmiedes aus dem äußerlich großen und starken Drachen auch innerlich ein großer und starker Drache, der sich bei aller Sanftmut doch zu behaupten wusste. Endlich, endlich nahmen ihn die Menschen und Tiere in seiner Umgebung auch ernst, obwohl sie ihn nicht zu fürchten brauchten.

Nach vielen schönen gemeinsamen Jahren starb der Schmied, denn ein Menschenleben währt nur den Bruchteil eines Drachenlebens.

Der Drache kehrte nach reiflicher Überlegung in seine Heimat zurück. Und weil er so viel in der Welt herumgekommen und so weise und verständnisvoll war, wurde er von den anderen Drachen nicht nur freundlich aufgenommen, sondern bald auch zu ihrem Oberhaupt gewählt, denn seine Waffen waren nicht seine scharfen Zähne, sondern sein scharfer Verstand.

Das beeindruckte alle sehr. Er hatte zudem das Herz auf dem rechten Fleck und setzte sich auch für die Benachteiligten ein – hatte er doch selbst erfahren, wie es ist, ausgeschlossen zu werden.

So lebte er noch viele Jahre glücklich bei den Seinen und starb lange, lange später alt und lebenssatt.

# Die unsichtbare Prinzessin

Es war einmal eine kleine Prinzessin, die hieß Sophie. Sie war immer fröhlich und freundlich und war bei allen im Schloss sehr beliebt. Wie alle Königskinder ging sie natürlich nicht in die Schule, sondern hatte ihre eigenen Lehrer, die nur sie zu unterrichten hatten.

Frau Specht, die außerdem für die Bibliothek zuständig war, lehrte sie alles über die Heldentaten und Untaten großer Herrscher, die Werke großer Dichter und die Bilder großer Künstler. Sie war sehr streng, hatte die Haare am Hinterkopf zu einem Knoten geschlungen und trug eine dicke Brille, hinter der ihre Augen klein und fast ein bisschen böse aussahen. Sie legte äußersten Wert auf Pünktlichkeit und passte auf, ob die Prinzessin ordentlich gekleidet war und saubere Fingernägel hatte.

Außerdem war da noch Herr Wohlgemut. Er war ein älterer Herr mit weißen Haaren und vielen Lachfalten im Gesicht. Seine klaren blauen Augen strahlten immer eine wohltuende Wärme und Freundlichkeit aus, die der Prinzessin jede Scheu nahmen.

Herr Wohlgemut war der beste Freund und engste Vertraute der Prinzessin. Er lehrte sie alles über die Pflanzen und Tiere des großen Parks, der das

Schloss umgab, über den Wind und die Wolken, über die Sterne und das Weltall und über Gott.

Sein Unterricht fand bei schönem Wetter meistens nicht in der Bibliothek, sondern im Schlosspark statt, wo er Sophie lehrte, die Eigenarten und Bedürfnisse der verschiedenen Pflanzen und Tiere zu erkennen und aus der Beobachtung der Wolken das Wetter vorherzusagen.

Er schien auf alle Fragen eine Antwort zu wissen. Und wenn ihm nicht gleich eine einfiel, sagte er nicht wie die anderen Erwachsenen: „Das verstehst du nicht, dazu bist du noch zu klein.“ Sondern er sagte: „Lass mich einen Moment nachdenken.“ Dann musste Sophie mucksmäuschenstill sein, während er den Finger an die Nase legte und in die Luft starrte. Nach einiger Zeit des Nachdenkens konnte er Sophie dann meistens ihre Frage beantworten. Manchmal sagte er aber auch einfach: „Ich weiß es nicht.“

Die Prinzessin war eine eifrige Schülerin. Da der Unterricht bei Frau Specht sie nicht interessierte, lernte sie einfach alles auswendig, denn Frau Specht prüfte sie oft und war nur zufrieden, wenn Sophie alle Namen und Daten fehlerfrei wiedergeben konnte.

Wenn sie diese lästige Pflicht erfüllt hatte, ging sie voller Freude in den Park, um die Tiere zu beobachten und mit ihnen zu spielen. Dabei lernte sie sehr viel. Sie erzählte Herrn Wohlgemut davon *und fragte ihn, was sie nicht verstand. Er erklärte ihr alles und ließ es sich von ihr noch einmal erklären, um zu sehen, ob sie alles verstanden hatte. Wenn nicht, schimpfte er nicht mit ihr, wie es Frau Specht tat, sondern mit sich, weil er es ihr nicht gut genug erklärt hatte.*

*So wuchs die kleine Prinzessin auf und nahm zu an Schönheit und Weisheit. Ihr Leben war ohne Sorgen und Probleme. Sie hatte immer genug zu essen, schöne Kleider, Spielsachen, so viele sie wollte, und alle hatten sie lieb.*

*Als die Prinzessin jedoch zwölf Jahre alt wurde, geschah etwas, das ihr Leben veränderte: Die Leute begannen, sie zu übersehen! Wie immer grüßte sie alle freundlich, die ihr begegneten, doch immer häufiger begannen die Leute, ohne Gruß an ihr vorbeizugehen, als hätten sie sie nicht bemerkt.*

*Zunächst passierte das nur abends, wenn es schon dunkel war, in den langen Gängen des Schlosses, die schlecht beleuchtet waren, so dass die Prinzessin dachte: „Sicher sind sie müde und haben mich im Dunkeln nicht gesehen." Aber immer häufiger gingen die Leute bald auch am helllichten Tag an ihr vorbei, ohne sie wahrzunehmen.*

*Ein bisschen traurig machte es die Prinzessin schon, wenn sie freundlich grüßte und gar nicht beachtet wurde. Selbst ihre Eltern drehten sich gar nicht mehr um, wenn sie das Zimmer betrat.*

Eines Tages hörte sie sogar, wie sie sich beschwerten, dass sie ihre Tochter kaum noch zu Gesicht bekämen, während Sophie doch im Zimmer stand! Fassungslos rief sie: „Ich bin doch da. Warum beachtet ihr mich denn nicht?" Aber ihre Stimme hörte sich an wie das Säuseln des Windes und ihre Eltern hörten sie nicht.

Sophie erschrak, aber sie hatte keine Zeit zum Nachdenken, denn sie musste sich beeilen, wenn sie noch pünktlich zum Unterricht bei Frau Specht kommen wollte. Atemlos kam sie in der Bibliothek an und setzte sich auf ihren Platz gegenüber von Frau Specht. Diese beachtete sie gar nicht, sondern blickte zur Tür, auf die Uhr, dann wieder zur Tür, und brummte: „Dass die Göre auch nie pünktlich sein kann!"

Sophie sagte: „Ich bin doch da." Frau Specht reagierte nicht. Sophie wurde ganz angst und bange. Sie wedelte ihr mit den Armen vor dem Gesicht herum und rief: „Hallo, hier bin ich doch!"

Frau Specht hörte nur ein Säuseln, wie vom Wind, und spürte einen Lufthauch. „Hm", murmelte sie, „hat wieder jemand vergessen, das Fenster zu schließen."

Jetzt packte Sophie das helle Entsetzen. „Frau Specht! Frau Specht!", schrie sie laut.

Doch die hörte sie nicht und ganz offensichtlich konnte sie sie auch nicht sehen!

*Fluchtartig verließ Sophie die Bibliothek und rannte in den Park. Sie war völlig verwirrt und verzweifelt. Im Park lief ihr ihre Katze Philo über den Weg und strich schnurrend an ihren Beinen entlang. „Du siehst mich!", rief Sophie erstaunt und war etwas getröstet. „Was ist nur mit den Leuten los?" Nach und nach kamen auch ihre anderen Tier-Freunde zu ihr und sie spielten miteinander.*

*Nachmittags kam Herr Wohlgemut zum Unterricht in den Park und begrüßte sie freundlich. Schluchzend und erleichtert warf sie sich in seine Arme und erzählte ihm von ihren Erlebnissen.*

*„Es scheint mir so, als ob die Leute mich nicht sehen können, wieso sehen Sie mich dann?"*

*Herr Wohlgemut überlegte. Nach einer Weile meinte er vorsichtig: „Weißt du, es gibt Menschen, die können mit dem Herzen sehen – wie die Kinder. Die meisten Erwachsenen können das aber nicht mehr und wir werden für sie unsichtbar, wenn auch wir erwachsen werden, und sie bald auch für uns. Dann sehen wir voneinander nur noch die Maske, die wir tragen."*

*„Aber so kann man doch nicht leben!", schluchzte Sophie. „Nicht mehr gesehen werden! Gibt es keinen anderen Weg?"*

*„Doch", tröstete sie Herr Wohlgemut. „Es gibt ein Land, wo alle mit dem Herzen sehen. Wer echt*

bleiben will, muss sich auf die Suche danach machen. Das ist der Sinn des Lebens. Auf dem Weg dorthin musst du so manche Prüfung bestehen, doch wenn du das ‚Land der Sehenden Herzen' gefunden hast, bekommst du dort den ‚Goldenen Mantel' geschenkt. Wer ihn trägt, kann wieder den Menschen hinter der Maske sehen und selbst gesehen werden."

„Aber wie finde ich den Weg dorthin?", wollte Sophie wissen.

„Den Weg findet man nur, indem man ihn geht. Man sieht nie mehr als nur den nächsten Schritt", war die Antwort. „Am besten ist, du gehst einfach los. Nimm nichts mit. Alles, was du brauchst, wird sich finden, wenn du es brauchst."

So verabschiedete sich Sophie von Herrn Wohlgemut und ihren Tieren und ging kurzentschlossen zum Schlosshof hinaus. Keinem anderen Menschen sagte sie auf Wiedersehen, denn sie konnten sie ja nicht mehr sehen!

Nach kurzer Wanderschaft gelangte sie in die große Stadt, vor deren Toren das Schloss lag. Dort sah sie viele Bettler auf der Straße sitzen, die taten ihr leid, und sie versuchte, mit ihnen ins Gespräch zu kommen.

Doch auch die Bettler sahen sie nicht – nur einer strahlte sie an, weil sie ihn richtig „gesehen" hatte.

„Aha", dachte Sophie, „also sind nicht nur Reiche blind – das kann auch armen Leuten passieren."

Und sie durchstreifte die große Stadt. Kaum einer blickte auf, kaum einer nahm den anderen wahr. Nur manchmal begegnete ihr Blick dem eines Menschen mit sehendem Herzen und sie lächelten sich zu wie alte Bekannte.

Schließlich gelangte sie an den Stadtrand und in den Wald. Die Vögel zwitscherten und die Sonne schien zwischen den Bäumen hindurch. Alle Last fiel plötzlich von Sophie ab. Glückselig setzte sie sich unter einen Baum und genoss die Ruhe, die warme Sonne und die sanfte Brise.

Doch nach einer Weile drückte sie etwas. Sie drehte sich herum und stellte fest, dass sie auf einem spitzen Stein saß. Als sie ihn in die Hand nahm und genau ansah, merkte sie, dass es ein besonderer Stein war. „Oh, ein Rosenquarz!", entfuhr es Sophie. Als Prinzessin kannte sie sich natürlich aus.

„Das ist nicht einfach ein Rosenquarz!", ertönte eine Stimme über ihr. Überrascht blickte Sophie nach oben, konnte aber keinen Menschen sehen. Nur eine Eule saß auf einem Ast im Baum über ihr.

„Ist da jemand?", rief Sophie.

„Bin ich niemand?", fragte die Eule zurück.

Sophie glaubte an einen Streich. „Tiere können doch nicht reden!", sagte sie laut zu sich.

„Natürlich können sie das!", empörte sich die Eule. „Nur verstehen die Menschen uns normalerweise nicht, weil sie glauben, dass Tiere keine Seele haben, und ihnen geistig unterlegen sind. Aber der Stein, den du in der Hand hältst, öffnet dein Herz für die Sprache der Tiere. Heb ihn gut auf – du wirst ihn noch brauchen."

„Ja, darf ich diesen Wunderstein denn behalten?", fragte Sophie überrascht.

„Natürlich!", erwiderte die Eule. „Für dich lag er ja dort. Er soll dich auf dem Weg ins ‚Land der Sehenden Herzen' begleiten."

„Woher weißt du denn, dass ich dieses Land suche?", fragte Sophie.

„Ganz einfach", antwortete die Eule, „weil nur Suchende diesen Liebesstein als wertvoll erkennen können. Für alle anderen sieht er wertlos aus. Gute Reise."

So machte sich Sophie wieder auf den Weg. Plötzlich hörte sie lautes, aufgeregtes Geschnatter und als sie dem Geräusch nachging, fand sie eine Entenmutter, die sich in einer Brombeerhecke hoffnungslos verfangen hatte und, wild mit den Flügeln schlagend, vergeblich versuchte, sich zu befreien. Ihre Küken wuselten panisch piepsend vor der Hecke hin und her. Sophie sprach beruhigend auf die Kleinen ein. Dann sagte sie zu der Entenmutter: „Vertrau mir! Bleib ganz ruhig, sonst kann ich dir nicht helfen."

Nach einer Weile guten Zuredens beruhigte sich die Entenmutter und Sophie gelang es, sie vorsichtig aus der Brombeerhecke zu befreien. Einige Federn musste die Entenmutter allerdings lassen.

Vorsichtig sammelte Sophie die Küken ein, nahm sie auf den einen Arm, die Entenmutter auf den anderen und brachte sie zu dem nahe gelegenen Teich, den sie durch das Gebüsch sehen konnte. Dann setzte sie erst die Entenmutter vorsichtig ab, danach die Kleinen. Glücklich ließ sich die Familie ins Wasser gleiten.

„Als Dank für deine Hilfe", sprach die Entenmutter, „verrate ich dir ein Geheimnis:

Im Wald hinter dem Teich steht ein Baum, der goldene Früchte trägt, die nie verzehrt sind. Wenn du hineinbeißt, wächst die Lücke sofort wieder zu, so dass du immer etwas zu essen hast. Außerdem hat die Frucht immer den Geschmack, den du dir gerade wünschst, und wenn jemand krank ist und davon isst, wird er sofort wieder gesund. Gute Reise."

Da freute sich Sophie sehr und bedankte sich herzlich, denn sie war inzwischen recht hungrig. Sie fand den Baum und pflückte sich eine Frucht. Diese war köstlich und wirklich – sie wurde nicht weniger. Gestärkt marschierte Sophie weiter. Als sie sich noch einmal umdrehte, konnte sie den Baum mit den goldenen Früchten nicht mehr sehen – er war verschwunden.

Wie sie nun fröhlich durch den Wald schritt, hörte sie auf einmal ein Wimmern. Sie ging ihm nach und fand einen Fuchs, der in eine Falle geraten war. Seine Pfote war in einem Fangeisen eingeklemmt und er litt große Schmerzen und jaulte kläglich.

„Warte, ich helfe dir", sagte Sophie und versuchte, das Fangeisen auseinanderzuziehen. Es klemmte sehr fest und sie konnte es nur mit Mühe ein kleines Stück weit aufziehen.

„Schnell, zieh deine Pfote heraus, bevor es wieder zuschnappt!", keuchte Sophie.

Der Fuchs verstand sie und war frei, aber die Pfote sah schlimm aus und schmerzte. Da fiel Sophie ein, dass ihre Frucht heilende Wirkung haben sollte. Sie biss ein Stück ab und gab es dem Fuchs zu fressen. Und siehe da – die Wunde heilte im Nu.

Voller Dankbarkeit nahm der Fuchs sie mit zu seinem Bau und verschwand darin. Nach einer Weile kam er mit einem Paar goldener Schuhe heraus und sprach: „Weil du mir geholfen hast, schenke ich dir diese besonderen Schuhe. Wer sie trägt, kann laufen so weit wie er will, er wird nie müde."

„Oh, wie praktisch!", freute sich Sophie, denn sie war von der weiten Wanderung schon ziemlich erschöpft. Die Schuhe passten wie für sie gemacht. Sie bedankte sich und zog weiter.

Von Sophie unbemerkt, war inzwischen ein Unwetter aufgezogen und es wurde dunkel. Ehe sie sich versah, geriet sie in einen heftigen Regenguss. Es stürmte und sie konnte kaum die Hand vor Augen sehen. Sie kämpfte gegen den Wind und den Regen an und suchte unter einem dicken Baum Schutz, aber der Regen kam von allen Seiten. Also mühte sie sich weiter in der Hoffnung, einen besseren Schutz zu finden.

Als sie so durch den Wald mehr taumelte als ging, sah sie plötzlich ein kleines Licht nicht weit von sich. Sie lief darauf zu und fand eine kleine Hütte.

Sie klopfte an. Einmal, zweimal, nochmal. Es bewegte sich nichts. Sophie rief. Schließlich öffnete sich die Tür und eine alte Frau stand darin. „Eile mit Weile", brummte sie.

Dann ließ sie Sophie ein, die völlig durchnässt und durchgefroren war.

„Was machst du denn bei diesem Wetter draußen im Wald?", fragte die Frau ungehalten. Sophie nieste. „Dann zieh erst einmal deine nassen Sachen aus und wickle dich in diese Decke", meinte die Frau nun etwas freundlicher.

Im Kamin brannte ein lustiges Feuer und Sophie durfte sich in ihrer Decke davor setzen und aufwärmen. Langsam taute sie auf. „Ich suche das ‚Land der Sehenden Herzen'", antwortete sie.

„Da bist du bei mir richtig!", sprach die Frau. „Wenn du bei mir bleibst und mir hilfst, solange ich dich brauche, will ich dir eine Karte geben, die dich direkt dorthin führt. Aber nun schlafe erst einmal."

Sie legte ihr eine weitere Decke vor den Kamin und bedeutete ihr, sich dort hinzulegen. Sophie schlief sofort ein. Als sie wieder aufwachte, war die alte Frau schon wach und bereitete das Frühstück. Sophie zog ihre trockenen Kleider wieder an und fragte: „Was soll ich für Sie tun?"

„Immer mit der Ruhe", antwortete die Frau, und so frühstückten sie erst einmal schweigend, obwohl Sophie vor lauter Fragen schier platzte, wer die Frau sei, was sie hier mitten im Wald machte, wieso sie alleine sei, woher sie von dem ‚Land der Sehenden Herzen‘ wusste, und vieles mehr.

Nach dem Frühstück bat die Frau Sophie, im nahe gelegenen See Wasser zu holen.

Das Wetter hatte sich beruhigt. Sophie nahm zwei große Eimer und machte sich auf. Sie fand den See und schleppte die beiden Eimer voller Wasser zurück ins Haus. Dreimal musste sie gehen. Danach wurde sie in den Wald geschickt, um Holz für den Kamin zu sammeln.

Als sie endlich heimkam, wartete schon ein Bottich mit Wäsche auf sie, die zu waschen war. Das Feuer musste in Gang gehalten und das Häuschen geputzt werden. Und ehe sich Sophie versah, war der Tag um und sie war ihre Fragen nicht losgeworden.

Am nächsten Tag wiederholte sich der gleiche Ablauf und auch am darauf folgenden Tag.

Schließlich nahm Sophie ihren Mut zusammen und fragte: „Wie lange soll ich denn das noch machen? Wann bekomme ich die Karte zum ‚Land der Sehenden Herzen‘?“

„Alles zu seiner Zeit“, antwortete die Frau. „Du musst bleiben, solange ich dich brauche.“

„Wie lange wird das sein?“, fragte Sophie.

„Du wirst es merken, wenn es soweit ist, dass du weiterziehen kannst", erwiderte die Frau.

So blieb Sophie bei der alten Frau und half ihr, so gut sie konnte. Immer einmal wieder kamen ihr Zweifel, ob das der richtige Weg zu ihrem Ziel sei, aber die Frau bestand darauf, dass sie blieb und bei ihr arbeitete. Tagein, tagaus die gleiche Arbeit. Es war oft öde und immer sehr anstrengend. Manchmal war Sophie nahe daran, ihr Ziel zu vergessen.

Sophie träumte oft davon, einfach fortzugehen und alles hinter sich zu lassen. Manchmal begehrte sie auf. So kam es, dass die alte Frau ihr eines Tages ein Buch in die Hand drückte und sagte:

„Der Weg, den du suchst, führt nach innen. Lies jeden Tag ein bisschen in diesem Buch, dann wirst du ihn finden. Im Übrigen versieh treu deine Arbeit und warte ab."

So verging die Zeit und Sophie wusste nicht, waren es Monate oder Jahre. Sie las täglich in dem Weisheitsbuch und es erfüllte sie mit Glück und Hoffnung auf das Land, das sie suchte. Sie tat ihre Arbeit und dachte oft:

„Was für eine Zeitverschwendung!" Aber sie wagte nicht, es laut zu sagen.

Eines Tages, nach langer Zeit – Sophie glaubte schon nicht mehr daran – nahm die Frau sie beiseite und sprach:

„Weil du auch bei ungeliebten Aufgaben viel Aus-
dauer und Treue bewiesen hast, möchte ich dir nun
den Sinn dieser Übung verraten: Den Weg, den du
suchst, bist du die ganze Zeit, während du hier
warst, gegangen. Er führt zu Geduld und Reife und
hat dich näher an dein Ziel gebracht, ohne dass du
es gemerkt hast."

„Bekomme ich jetzt die Karte?", fragte Sophie
aufgeregt.

Die alte Frau lächelte: „Die Karte", sprach sie, „ist
immer der Mensch neben dir. Jeder Mensch, den
du triffst, führt dich weiter auf dem Weg, zeigt dir
mehr über die Welt, über sich und über dich. Wenn
du lernst, die wahre Wirklichkeit hinter der Welt
der Äußerlichkeiten zu sehen, bist du im ,Land der
Sehenden Herzen'.

Geh jetzt nach Hause in dein Schloss. Deine Lehr-
zeit bei mir ist vorüber. Nimm den Liebesstein, die
goldene Frucht, die goldenen Schuhe und das
Weisheitsbuch mit dir zurück, denn der Weg ist
noch nicht zu Ende."

Sophie verabschiedete sich von der Frau und trat
fröhlich den Heimweg an. Durch ihre besonderen
Gaben, die goldene Frucht und das Weisheitsbuch,
hatte sie stets Speise für Leib und Seele, durch die
goldenen Schuhe wurde sie des Weges nicht müde
und der Liebesstein machte sie für die Menschen
sichtbar, die sie unterwegs traf, denn er öffnete
ihre Herzen.

*Sie kam durch viele Dörfer und Städte und sie verstand die Menschen, die so hart arbeiten mussten, um für sich und andere ein Auskommen zu haben. Sie kam mit vielen ins Gespräch und ließ sich von ihren Sorgen und Freuden erzählen. Sie begann, die Menschen wirklich zu sehen und wurde gerne gesehen.*

*Als sie schließlich heimkam, sah sie einen älteren Herrn vor dem Schloss in der Sonne sitzen und ein Nickerchen halten. „Herr Wohlgemut!", jauchzte Sophie und rannte los. Herr Wohlgemut hob den Kopf und seine Augen leuchteten auf, als er Sophie erkannte.*

*Es waren einige Jahre vergangen und aus Sophie war inzwischen eine junge Frau geworden.*

*Herr Wohlgemut strahlte über das ganze Gesicht: „Ich habe auf dich gewartet, Sophie. Ich wusste, dass du bald wiederkommen würdest." Sie umarmten einander herzlich.*

*„Aber das ,Land der Sehenden Herzen' habe ich nicht gefunden und den ,Goldenen Mantel', von dem Sie sprachen."*

*„Doch", lächelte Herr Wohlgemut, „denn das Land ist inwendig und der ,Goldene Mantel' ist der Mantel der Liebe und Barmherzigkeit, den das Leben webt. Er hilft dir, die Menschen zu sehen, wie sie sind, und schützt dich vor Verletzungen durch Menschen, die einfach nur selbst verletzt*

worden sind. Wenn du die Menschen mit den Augen der Liebe betrachtest, wirst auch du wahrgenommen, aber es ist dann gar nicht mehr so wichtig für dich."

Gemeinsam kehrten sie ins Schloss zurück. Wie ein Lauffeuer verbreitete sich die Nachricht, dass die Prinzessin wieder da war. Alle staunten und freuten sich, als sie sie sahen, selbst ihre Eltern, die sehr beschäftigt waren und sich früher keine Zeit für sie genommen hatten. Es gab viele Freudentränen und es wurde viel erzählt und gelacht.

Einige Jahre später übergaben die Eltern Sophie die Regierungsgeschäfte und setzten sich zur Ruhe, denn sie sahen, was für eine kluge, verständige Frau sie geworden war.

Sophie wählte sich einen Kreis von Frauen und Männern aus, die auch den Weg des Herzens gingen, und die ihr bei ihren Regierungsgeschäften halfen und sie berieten. Sie schickte Boten unter ihr Volk, die die Menschen befragten, was sie brauchten und was sie anders machen würden, wenn sie regieren würden.

Immer wieder kamen Prinzen aus anderen Ländern zu Sophie und hielten um ihre Hand an, aber Sophie sah, dass sie nur an äußerlichen Dingen interessiert waren und ihre Welt nicht teilten. Eine verwandte Seele, wie sie sie in Herrn Wohlgemut gekannt hatte, fand sie nicht wieder.

Sophie regierte gerne und gut und der Mantel der Liebe und Barmherzigkeit leistete ihr wertvolle Dienste.

Nach vielen, vielen Jahren, als es Zeit für sie war, die Erde zu verlassen, ernannte sie aus ihrem Berater- und Freundeskreis eine fähige Frau und einen ebenso klugen Mann, die die Regierungsgeschäfte zeitgemäß weiterführen konnten. So erlebte das Land eine lange Zeit der Blüte und des Friedens und solange der Weg des Herzens hoch gehalten wird, wird dies auch so bleiben.

# Die Birke, die eine Tanne sein wollte

*Es war einmal eine junge Birke, die stand in der Nähe einer Baumschule, in der Tannen gezogen wurden, die einmal als Weihnachtsbäume dienen sollten. Oft hörte die junge Birke die Tannen untereinander davon schwärmen, wie das sein würde, schön dekoriert in einem Wohnzimmer zu stehen und den Menschen Freude zu bringen.*

*Sie malten sich aus, wie die Kinder sie mit Süßigkeiten und Schmuck behängen würden und die ganze Familie sie ehren und in den Mittelpunkt stellen würde.*

*Das hatten sie von den Vögeln gehört, die oft bei den Menschen zum Fenster hineinschauten und davon zu berichten wussten.*

*Die junge Birke träumte davon, auch einmal ein Weihnachtsbaum zu werden. Sie wollte nicht einfach nur mit den anderen Birken im Hain stehen, denn da fühlte sie sich so bedeutungslos. Beharrlich übte sie, ihre Blätter wie Tannennadeln parallel anzuordnen. Die anderen Birken wunderten sich nur.*

*Als einmal Menschen an dem Birkenhain vorbeikamen, blieben sie vor der jungen Birke stehen und lachten: „Die sieht ja vielleicht komisch aus! Was ist denn mit ihren Blättern los?" Da schämte sich die junge Birke sehr. Eine alte, kluge Birke, die in der Nähe stand, ermutigte sie:*

„Versuche nicht, etwas anderes zu sein als du bist. Sei das, was du wirklich bist, mit Stolz!"

„Aber ich fühle mich so unbedeutend", seufzte die junge Birke.

„Du musst wissen", sprach die kluge Birke, „dass es so etwas wie ein unbedeutendes Geschöpf gar nicht gibt. Jeder ist wichtig an dem Platz, an dem er steht. Du brauchst dich nicht mit anderen zu vergleichen, denn nur dann fühlst du dich unbedeutend. Sei einfach du selbst. Sieh, wie dein schöner weißer Stamm im Mondlicht leuchtet. Wiege deine luftige Krone im Wind. Freue dich an dem, was du der Welt geben kannst."

Da schüttelte die junge Birke ihre Blätter aus, die sie verkrampft parallel gehalten hatte, um wie eine Tanne auszusehen, und entspannte sich. Sie fühlte sich leichter und merkte, wie ihre Säfte und Kräfte besser fließen konnten. Freude durchströmte sie und sie genoss es, wie der Wind durch ihre Blätter säuselte.

Mit der Zeit gedieh sie so prächtig, dass sie zur schönsten Birke im Hain wurde, zum Stolz aller. Aber das war ihr nicht bewusst und nicht mehr wichtig.

Zur Weihnachtszeit wurden die jungen Tannen gefällt und verladen, um Weihnachtsbäume zu werden. Das war zwar die Krönung, aber auch das Ende ihres Lebens. Und die Birke war nun dankbar, dass sie keine Tanne war.

## Was der Clown fand

*Es war einmal ein Zirkusclown. Alle Leute lachten sich schief, wenn er seine Nummer abzog und auch sonst hatte er immer einen Scherz auf den Lippen. Er war weithin bekannt für seine treffenden Bemerkungen, die er mit Liebe und Humor vorbrachte. Stets trug er ein Lächeln im Knopfloch und war bei allen beliebt.*

*Doch wenn er in seinen Wohnwagen zurückkehrte, überkam ihn oft tiefe Traurigkeit und nicht selten begann er zu weinen – natürlich ohne dass es jemand merken durfte. Nur eine kleine Maus, die bei* ihm Wohnrecht hatte, bekam das Trauerspiel regelmäßig mit.

*„Warum weinst du denn so viel?", fragte sie ihn schließlich einmal.*

*„Ich weiß es selber nicht genau", schluchzte der Clown. „Allen schenke ich mein Lachen und meine Fröhlichkeit – für mich bleibt nichts übrig – und so falle ich in ein Loch, wenn ich allein bin, und fühle mich ganz traurig."*

*„Kannst du dir denn nicht ein wenig von deinem Lachen aufsparen, damit es auch für dich reicht?", fragte die Maus. „Wenn du mir allen deinen Käse schenken und nichts behalten würdest, müsstest du selbst verhungern!"*

*„Das stimmt schon", meinte der Clown, „aber wenn ich mein Lachen zurückhalte, werden die Leute mich nicht mehr mögen."*

*„Wenn du für dich selbst kein Lachen übrig hast, wirst du bald auch für die anderen Menschen keines mehr haben", mahnte die Maus.*

*So kam es, dass der Clown nicht mehr nur lachend und scherzend umherging, sondern manchmal auch ernst und nachdenklich. Die Leute bemerkten den Unterschied sofort und wunderten sich.*

*„Na, welche Laus ist dir denn über die Leber gelaufen?", fragten sie ihn und fügten hinzu: „Du siehst ja aus wie drei Tage Regen!"*

Er lächelte sie freundlich an und sagte nichts. Sie hätten ihn nicht verstanden. Nach einiger Zeit merkte es jedoch auch der Zirkusdirektor, dass sein Clown nicht mehr ständig fröhlich war, und kam ins Grübeln. Ein ernster Clown ist schließlich nicht gut fürs Geschäft. Er ließ den Clown zu sich kommen und sprach:

„Wie ich höre, bist du nicht mehr so lustig, wie du es immer warst. Das muss wieder anders werden. Die Leute wollen keinen ernsten Clown sehen, sondern über ihn lachen können.“

Der Clown antwortete: „Ich gebe mein Bestes, aber muss ich denn immer meine Clown-Maske tragen? Darf ich denn nicht auch einmal meine ernste Seite zeigen?“

„Dafür bist du nicht hier!“, entgegnete der Zirkusdirektor. „Entweder du bringst die Leute zum Lachen oder du kannst gehen!“

Betrübt kehrte der Clown in seinen Wohnwagen zurück. „Da hast du es!“, sprach er zu der Maus. „Ein ernster Clown ist eben nichts wert!“

„Du bist ein wertvoller Mensch – nicht nur, wenn du lachst“, widersprach die Maus, „und wenn das nicht alle Menschen erkennen können, liegt das nicht unbedingt an dir. Es gibt sicher auch Menschen, die dich als das erkennen können, was du wirklich bist – wenn nicht hier, dann anderswo. Mach dich auf die Suche.“

Der Clown grübelte und grübelte – tagelang. Es ging ihm immer schlechter. Schließlich fasste er seinen Entschluss und ging zum Zirkusdirektor.

„Ich kann mich nicht mehr ständig verleugnen. Ich gehe daran kaputt, immer nur fröhlich sein zu müssen. Wenn ich meine Clown-Maske nicht auch einmal ablegen darf, muss ich gehen", sagte er zu ihm.

Der Direktor sah ihn nur verständnislos an. Nach einer Weile antwortete er: „Reisende soll man nicht aufhalten. Dann gehst du eben."

So packte der Clown sein Bündel, verabschiedete sich von der klugen Maus und seinen Kollegen und zog aus, um Menschen zu finden, bei denen er wirklich er selbst sein dürfte, ob er nun lachte oder weinte.

Er zog durch viele Dörfer und Städte. Überall führte er seine Possen auf und verdiente sich so, was er zum Leben brauchte. Er nächtigte unter Brücken oder Bäumen, die ihm Schutz boten. Manchmal durfte er auch in einer Scheune über-nachten oder bekam sogar ein richtiges Quartier für die Nacht, weil er den Menschen so viel Freude gebracht hatte.

Er erlebte viel auf seinen Reisen – Schönes und Schreckliches, Interessantes und Merkwürdiges, Erstaunliches und Gewöhnliches – und obwohl er auch früher schon sehr viel herumgekommen war, lernte er jetzt die Menschen und die Welt viel besser kennen. Wann immer es ihm ein Bedürfnis war, konnte er nun seine Maske ablegen und über alles nachdenken, ohne ständig auf seine Wirkung bedacht sein zu müssen, denn er war ja alleine.

Als er eines Tages seine Vorführung beendet hatte, baten ihn die begeisterten Menschen, die um ihn standen oder saßen, um eine Zugabe und dann noch eine. Sie konnten nicht genug bekommen.

Da kam er auf die Idee, Geschichten aus seinem Leben zu erzählen. Es waren fröhliche und traurige, spannende und unterhaltsame, wahrscheinliche und unwahrscheinliche Geschichten.

Die Leute hörten interessiert und fasziniert zu. Sie lachten und weinten, freuten sich und staunten – so lebendig waren seine Erzählungen.

Nachdem er so seine Begabung für das Geschichtenerzählen entdeckt hatte, brauchte er immer seltener seine Schau abzuziehen, denn die Leute waren so berührt, wenn er mit Erzählen fertig war, dass sie ihn großzügig mit allem bedachten, was er brauchte. So konnte er alle Facetten seines Wesens ausdrücken, ohne dass es jemanden störte, und brauchte sich nicht mehr hinter einer Maske von falscher Fröhlichkeit zu verstecken.

Eines Tages kam er wieder in ein Dorf, um seine Geschichten zu erzählen. Da fiel ihm unter den Zuhörern ein Mann auf, der ihn wohlwollend und *anerkennend ansah. Nachdem er mit Erzählen fertig war, kam dieser Mann auf ihn zu und fragte ihn: „Fühlst du dich wohl, so als Vagabund – kein Dach über dem Kopf, keine Heimat?"*

*„Na ja", meinte der Clown, „manchmal sehne ich mich schon nach einem Zuhause, aber eigentlich suche ich Menschen, die mich erkennen und anerkennen wie ich bin! Bisher habe ich zwar viel Beifall erhalten, aber niemand hat mich wirklich angesehen."*

*„Es gibt jemanden, der dich von Grund auf kennt, und der hinter alle Masken schaut", sprach der Mann. „Auch er ist ein großer Geschichtenerzähler. Auch er kennt das heimatlose Umherwandern und die Suche nach dem Verstanden- und Gesehen-werden."*

*Hoffnungsvoll sah der Clown ihn an: „Du verstehst meine Sehnsucht. Da bist du der Erste!"*

*„Komm mit mir", sprach der Mann, „vielleicht findest du, was du suchst – ansonsten kannst du ja einfach weiterziehen."*

*Es stellte sich heraus, dass der Mann der Pfarrer des Dorfes war, und er nahm den Clown mit ins Pfarrhaus. Dort durfte er baden, sich neu einkleiden und bekam ein köstliches Mittagsmahl. Endlich konnte er einmal jemandem sein ganzes Herz ausschütten. Der Pfarrer hörte ihm wirklich zu und sagte, nachdem der Clown geendet hatte:*

„Unser Küster ist vor einiger Zeit gestorben. Möchtest du nicht seine Stelle übernehmen?"

Der Clown war überwältigt. Nach einer langen Pause antwortete er: „Ich möchte zu gerne einmal ein richtiges Zuhause haben und nicht mehr umherziehen müssen. Endlich habe ich einen Menschen gefunden, der mich sieht. Gott, wie dankbar wäre ich, wenn ich bleiben dürfte!"

So begann der Clown, ein geregeltes Leben zu führen. Es war eine riesengroße Umstellung für ihn, der sein Leben lang auf Reisen gewesen war, doch es gefiel ihm.

Da er über so viele interessante Erfahrungen verfügte und so wunderbar erzählen konnte, setzte der Pfarrer ihn auch gleich noch im Gottesdienst ein.

Der Clown lernte alles über den anderen „großen Geschichtenerzähler", der umhergezogen war, um den Leuten von Gottes Liebe zu erzählen, indem er immer wieder neue Bilder dafür ersann, die die Menschen verstehen konnten.

Das beherrschte auch der Clown meisterhaft und belebte damit die Predigten des Pfarrers. Sie wurden ein perfektes Gespann: Der Pfarrer legte die Bibel aus und der Clown erzählte anschauliche Geschichten, um den Menschen die Lehren verständlich zu machen.

Doch obwohl es dem Clown im Pfarrhaus sehr gefiel und er sich wohlfühlte, wurde er mit der Zeit immer rastloser. Dem Pfarrer entging seine zunehmende Unruhe nicht und er fragte ihn nach dem Grund.

„Es geht mir hier sehr gut", antwortete der Clown, „aber so wohl ich mich auch in der Gemeinschaft fühle, so engt sie mich doch ein. Ich brauche meine Freiheit! Ich möchte wieder weiterziehen."

„Bist du sicher?", fragte der Pfarrer ihn. „Könnte es nicht sein, dass du im Außen etwas suchst, das du nur im Innern finden kannst?"

„Wie meinst du das?", fragte der Clown verdutzt zurück.

„Welche Freiheit suchst du?", forschte der Pfarrer nach. „Die Freiheit, ganz du selbst zu sein, oder Freiheit von allen Regeln und Zugeständnissen, die für das Zusammenleben in einer Gemeinschaft nun einmal nötig sind?

Im ersten Fall könntest du bleiben. Wir würden dir eine Unterkunft im Anbau des Pfarrhauses zur Verfügung stellen, damit du mehr Ruhe hättest und Zeit, den Weg nach innen einzuschlagen, um deinen wahren Kern zu entdecken. Denn solche Freiheit muss in dir selbst wachsen und ist auch in Gemeinschaft möglich.

Wenn du dagegen die Spielregeln der Gemeinschaft ablehnst, musst du weiterziehen – das würde dann bedeuten, dass du das Alleinsein um jeden Preis vorziehst."

„So habe ich das noch nie betrachtet", meinte der Clown nachdenklich. „Ich dachte immer, um frei zu sein, müsse man alleine sein!"

„Gemeinschaft engt nicht nur ein – sie schützt und stützt auch", gab der Pfarrer zu bedenken. „Was ist es, das dich in der Gemeinschaft einengt?"

„Ich habe immer das Gefühl, ich müsse eine Maske tragen, um akzeptiert zu werden", antwortete der Clown. „Bei den wenigsten Menschen wage ich, mich zu zeigen, wie ich bin, weil ich denke, sie würden mich dann mit Verachtung strafen."

„Warum denkst du das?", hakte der Pfarrer nach.

„Es ist meine Erfahrung, wenn ich die Erwartungen nicht erfülle", erwiderte der Clown.

„Nur weil einige Menschen früher einmal so reagiert haben, bedeutet das nicht, dass alle es tun. Und auch wenn manche es tun, heißt das nicht, dass es berechtigt ist. Könnte es sein, dass du selbst dich verachtest? Dass du an deinem Wert zweifelst?"

„Das geht mir oft so!", gestand der Clown.

„Das geht vielen Menschen so!", sagte der Pfarrer verständnisvoll. „Das ist kein Grund zu verzweifeln und kein Grund zu flüchten. Was ändert sich für dich, wenn du alleine umherziehst?"

„Dann fühle ich mich in mir selbst Zuhause und bin niemandem Rechenschaft schuldig", antwortete der Clown.

„Vielleicht musst du nur den richtigen Abstand finden. Lass uns einen Versuch machen", schlug der Pfarrer vor. „Du ziehst für ein halbes Jahr in den Anbau und nimmst dir alle Freiheit, die du brauchst. Du kannst durch die Gegend ziehen oder in deinem Zimmer Einkehr halten. Du bist für diese Zeit von deinem Dienst befreit und niemandem Rechenschaft schuldig. Wenn du dich nach Gemeinschaft sehnst, bist du uns willkommen, musst dich dann jedoch an die Regeln der Gemeinschaft halten, ansonsten lebst du ganz für dich. Danach entscheidest du dich, ob du immer noch wegziehen willst. Vielleicht aber findest du während dieser Zeit das, was du wirklich suchst."

„Ich weiß gar nicht, was ich suche", entgegnete der Clown.

„Vielleicht suchen wir alle unser Leben lang das, was uns wirklich ausmacht – unseren Kern, unser Selbst", überlegte der Pfarrer.

„Ist es nicht Selbstsucht, wenn man sich selbst sucht?", wollte der Clown wissen.

„Ich glaube eher, Selbstsucht entsteht, wenn man sich selbst nicht liebt, weil dann alles darum kreist, die Leere im Innern zu füllen", gab der Pfarrer zurück.

So zog der Clown in den Anbau des Pfarrhauses um. Doch es hielt ihn nicht dort. Er nahm sein Wanderleben wieder auf. Wochenlang zog er umher, durch Gegenden, wo ihn niemand kannte, nächtigte wieder unter Brücken und Bäumen oder in Scheunen und erzählte seine Geschichten.

Doch die unstete Lebensweise, die er in seiner Erinnerung verklärt hatte, war alles andere als romantisch. Er fühlte sich nicht frei, sondern ungeborgen – nun, da er es anders kannte. Ihm fiel der Ausspruch des Pfarrers ein: „Könnte es nicht sein, dass du im Außen etwas suchst, das du nur im Innern finden kannst?"

Also kehrte er zurück zum Pfarrhaus, das er als Heimat kennengelernt hatte, um den Weg nach innen einzuschlagen. Tag um Tag suchte er nun die Stille. Er wollte niemanden sehen und sprechen.

Als er einmal wieder in seinem Zimmer saß – mit geschlossenen Augen, ohne jegliche Ablenkungen, hatte er mit einem Mal das Gefühl, in einen tiefen Brunnen zu fallen – tief und immer tiefer. Furcht erfasste ihn. Er wollte den Fall aufhalten, denn er wusste nicht, was ihn erwartete. Doch er hörte eine Stimme tief in seinem Innern flüstern: „Lass los."

Die Zeit schien stillzustehen. Tiefer und tiefer fiel er in die endlose Dunkelheit des Brunnens. Als er zum Wasserspiegel durchgedrungen war, sah er auf einmal eine unbeschreiblich schöne, riesige Blüte, die dabei war, sich zu entfalten. Sie schien von innen zu leuchten. Staunen erfasste ihn, Freude und Dankbarkeit, ob des herrlichen Anblicks. Und die Stimme in seinem Innern sprach: „Das bist du."

Tränen liefen ihm über die Wangen, als er die Augen öffnete. Er blieb still sitzen und ließ das Erlebte nachklingen.

Niemandem erzählte er von dieser Erfahrung. Sie war so kostbar und heilig – Worte hätten sie zerstört. Doch sein Wesen veränderte sich und allen, die ihn kannten, war klar, dass etwas Besonderes geschehen war.

Bald darauf nahm der ehemalige Clown seine Arbeit als Küster wieder auf und kehrte in die Gemeinschaft zurück. Er wurde stiller, ruhte mehr in sich und hatte es nicht mehr nötig, etwas darzustellen, denn nun kannte er seinen wahren Wert.

# Der Außerirdische,
## der keine Tränen kannte

*Es war einmal eine junge Frau namens Lydia. Während sie eines Tages so von der Arbeit heimschlenderte, folgte ihr auf einmal ein Hund. Als sie ihn bemerkte, musste sie ihn unverwandt anschauen – so schön war er. Sie sah sich um, wem das schöne Tier wohl gehörte, doch es war niemand zu sehen. „Hast du dich verlaufen?", fragte sie den Hund. Der sah zu ihr auf. "Nimm mich mit!", schienen seine Augen zu sagen.*

*„Ich kann dich nicht mitnehmen. Meine Wohnung ist zu klein für so ein großes Tier", sagte sie zu ihm, während sie ihn streichelte, „und jemand wird dich vermissen!" Der Hund blieb jedoch in ihrer Nähe als sie weiterging.*

*„Na gut", gab sie schließlich nach, „komm mit! Ich werde versuchen herauszufinden, wem du gehörst."*

*Sobald sie jedoch ihre Wohnung betreten hatten, begann der Hund plötzlich zu sprechen:*

*„Erschrick nicht, liebe Lydia, ich bin nicht zufällig zu dir gekommen."*

*Natürlich erschrak sie doch und sah sich um, ob noch jemand in der Wohnung sei. Aber es war eindeutig der Hund, der gesprochen hatte.*

*„Du brauchst dich nicht zu fürchten", beruhigte er*

sie. „Ich tue dir nichts. Ich bin auch kein Hund. Diese Gestalt habe ich nur dir zuliebe angenommen, weil sie dir vertraut ist."

„Und was bist du wirklich?", fragte Lydia vorsichtig – nicht sicher, ob sie es wirklich wissen wollte.

„Ich komme von einem Planeten aus dem Sternsystem, das ihr ‚Alpha Centauri' nennt, etwa vier Lichtjahre von eurer Sonne entfernt", war die Antwort.

„Du meinst, du bist ein Außerirdischer?", stammelte Lydia und schluckte.

„Ja, aber du brauchst dir keine Sorgen zu machen. Ich wollte nur gern einmal mit einem Menschen reden. Wir möchten euch gerne besser kennenlernen. Wenn du willst, behalte ich diese Gestalt bei. So könnte ich mich außerdem auf der Erde bewegen, ohne aufzufallen. Darf ich bei dir bleiben?", fragte der Hund.

„Ja, aber ich weiß doch gar nicht, was du brauchst. Ich habe nichts für dich zu essen und wie erkläre ich dich meinen Freunden und Nachbarn?", brachte Lydia stockend hervor.

„Du sagst einfach, ich sei ein Hund, der dir zugelaufen ist. Ich werde nur reden, wenn wir allein sind", versprach der Hund. „Nahrung in eurem Sinne benötige ich nicht – mir reicht die Energie eurer Sonne."

„Wie heißt du denn?" Lydias Neugierde wurde nun doch größer als ihre Angst.

„Mein Name ist für dich unaussprechlich. Nenne mich doch einfach 'Alpha'", schlug der Hund vor.

Am Abend wollte Lydia eine befreundete Familie besuchen.

„Nimm mich mit!", rief Alpha aufgeregt.

Lydia zögerte: „Das könnte schwierig werden – sie glauben nicht an Außerirdische."

„Das macht nichts, ich werde ihnen einfach als Hund begegnen. Nur wenn sie dazu bereit sind, werde ich mich zu erkennen geben", entgegnete Alpha. Lydia war einverstanden und nahm ihn mit.

Als sie bei ihren Freunden ankam, saß die ganze Familie am Tisch und spielte. Als sie den Hund sahen, den Lydia mitgebracht hatte, stürmten die Kinder gleich auf ihn zu.

„Oh, ist der schön!", riefen sie. „Wo hast du ihn her?"

„Er ist mir zugelaufen", antwortete Lydia.

„Wirst du ihn behalten?", fragten sie weiter.

„Ich glaube nicht", sagte Lydia. „Was spielt ihr da?"

„Komm, setz dich zu uns", lud der Vater sie ein. „Wir spielen ein Spiel, bei dem es darauf ankommt, aus dem Startkapital, das für alle Spieler gleich ist, mit Geschick und Glück möglichst viel Gewinn zu erwirtschaften."

Lydia beobachtete das Spiel eine Weile. Der Vater schien zu gewinnen und das jüngste Kind war dabei zu verlieren. Als es kein Geld mehr hatte und dann auch noch ins Gefängnis gehen sollte, begann es zu weinen.

„Kein Grund, Tränen zu vergießen – es ist doch nur ein Spiel!", versuchte der Vater es zu trösten. Aber das Kind weinte weiter.

Schließlich meinte Lydia: „Bei dem Spiel scheint es mir eher darum zu gehen, andere fertigzumachen und in den Ruin zu treiben. Macht euch das Spaß?"

„Das ist aber stark vereinfacht!", wandte der Vater ein. „Es geht darum, geschickt zu handeln, zu planen und Geschäfte zu machen."

„Aber auf Kosten der anderen Spieler!", beharrte Lydia.

„Na ja", bemerkte die Mutter, „wie im wirklichen Leben."

„Warum übt ihr mit den Kindern Verhaltensweisen ein, die ihr 'im wirklichen Leben' nicht schätzen würdet? Ihr lehrt sie doch, dass es Gewinner und Verlierer geben muss, oder nicht?", protestierte Lydia.

„So ist es ja auch. Damit müssen sie später auch klar kommen", gab der Vater zur Antwort.

„Wenn alle Kinder lernen, dass sie auf Kosten anderer leben müssen, um Gewinner sein zu können, ist es kein Wunder, dass unsere Gesellschaft so aussieht!", widersprach Lydia. „Sicher gibt es sinnvollere Verhaltensmuster. Könnten wir nicht Wege ausprobieren und einüben, bei denen alle Beteiligten gewinnen?"

Alpha stupste sie mit der Schnauze an. „Was meint ihr", fragte Lydia vorsichtig, „wie Außerirdische unser Verhalten bewerten würden, wenn sie unsere Erde beobachten würden?"

„Das käme darauf an, was sie für ein Wertesystem gewohnt sind", erwiderte der Vater.

„Glaubst du denn, dass Außerirdische automatisch besser sind?"

„Ich weiß es nicht", räumte Lydia ein.

„Außerdem", fuhr der Vater fort, „glaube ich nicht, dass es intelligentes Leben auf anderen Planeten gibt."

„Na ja", lächelte Lydia, „wenn es in diesem riesigen Universum mit seinen unzähligen Galaxien, wenn es selbst in unserer Milchstraße mit ihren Milliarden Sonnen nur einen einzigen Planeten gäbe, der intelligentes Leben beherbergt, wäre das doch eine unglaubliche Platzverschwendung!"

Sie diskutierten noch eine ganze Weile, ohne zu einem Ergebnis zu kommen, aber Lydia behielt ihr Geheimnis für sich. Schließlich ging sie mit Alpha wieder nach Hause. Dort angekommen fragte Alpha sie, ohne auf die Diskussion einzugehen: „Das Spiel, das dort gespielt wurde – kannst du es mir erklären?"

„Es geht um Geld – immer nur um Geld, wie so oft in unserer Gesellschaft", seufzte Lydia.

„Was ist Geld?", wollte Alpha wissen.

„Geld", erläuterte Lydia, „ist ein eigentlich wertloses Stück Papier oder Metall, auf dem ein bestimmter Wert aufgedruckt ist, so dass die Menschen im Vertrauen darauf, dass andere es ebenso machen, etwas entsprechend Wertvolles dafür hergeben, das ihnen gehört."

„Gehört denn nicht alles allen?", fragte Alpha erstaunt.

„Nein", antwortete ihm Lydia, „es gibt Menschen, die viel besitzen, und Menschen, die wenig oder gar nichts besitzen. Deshalb gibt es ja so viel Unfrieden, manchmal sogar Kriege um Dinge, die besonders wertvoll oder knapp sind. Ist das bei euch denn nicht so?"

„Nein, Kriege gibt es bei uns nicht", sagte Alpha, „denn bei uns besitzt niemand etwas allein, weil wir alles teilen und jedem einfach geben würden, was er so dringend zu brauchen glaubt, dass er es sich mit Gewalt nehmen würde. Es gibt von allem genug für alle."

„Manche Menschen sagen, auch auf der Erde würden alle Rohstoffe und alle Nahrung für alle reichen, wenn sie nur richtig verteilt wären. Es sei genug da für jedermanns Bedürfnisse, aber nicht genug für jedermanns Gier", sinnierte Lydia.

„Was ist Gier?", hakte Alpha nach.

„Gier", erklärte Lydia, „ist wie ein riesiger, unstillbarer Hunger nach mehr: Mehr Geld, mehr Macht, mehr von allem. Sie führt dazu, dass einige wenige auf Kosten aller anderen leben. Ich denke, Gier entsteht aus einem Gefühl der Ungeborgenheit, des sich zu-kurz-gekommen-Fühlens. Im tiefsten Grunde ist es wohl ein Hunger nach Liebe."

„Wenn ihr die Ursache kennt, warum ist Gier dann noch ein Problem?", wunderte sich Alpha.

Lydia antwortete traurig: „Das Problem entsteht immer wieder aufs Neue. Die Gierigen von heute sind die ungeliebten Kinder von gestern. Sie haben nicht die Zuwendung und Geborgenheit erfahren, die für ein von Liebe erfülltes Leben nötig sind.

Solche Menschen versuchen häufig ihr Leben lang, die Leere in ihrem Innern mit materiellen Dingen und Äußerlichkeiten zu füllen, was natürlich nicht gelingen kann. Ihre Leere geben sie an die nächste Generation weiter. Habt ihr denn dieses Problem nicht?"

„*Gier, wie du sie beschreibst, kennen wir nicht*",
erwiderte Alpha, „*da bei uns jeder bekommt, was
er braucht. Niemand würde mehr für sich nehmen
als angemessen ist. Keiner lebt bei uns auf Kosten
der anderen.*"

„*Das klingt traumhaft: Keine Gier, keine Kriege.
Gibt es bei euch denn keine aggressiven Wesen?*",
erkundigte sich Lydia.

„*Nein, in wirklich fortgeschrittenen Gesellschaften
wird außer der Technik immer auch der Geist wei-
terentwickelt – in Richtung Liebe und Weisheit*",
führte Alpha aus. „*Eine Zivilisation, deren Tech-
nologie schneller gewachsen wäre als ihr Geist,
würde sich längst selbst zerstört haben. Wesen, die
so fortgeschritten sind, dass sie den Weltraum
durchqueren können, müssen auch so fortgeschritten sein, dass sie Kriege und Aggression
überwunden haben, sonst hätten sie nicht überlebt.*"

„*Das leuchtet mir ein*", meinte Lydia nachdenklich.
„*Dabei stellen die Menschen Außerirdische immer
als Monster oder andere aggressive Wesen dar.
Deshalb haben sie oft Angst, ihnen zu begegnen.*"

„*Warum stellen sie sie so dar, dass sie Angst vor
ihnen bekommen?*", fragte Alpha.

„*Gute Außerirdische gelten als langweilig – nur
kämpferische sind interessant – und außerdem
sind Menschen oft selbst aggressiv und wissen
nicht, dass es auch anders geht, dass man friedlich*

im Einklang miteinander leben kann", antwortete Lydia.

„Woher sollen sie das auch wissen, wenn sie gute Vorbilder als 'langweilig' betrachten?", überlegte Alpha. „Aber zurück zu dem Spiel – das Kind wirkte nicht glücklich in dem Spiel."

„Nein", bestätigte Lydia, „es hat geweint, weil es verloren hat."

„Ist es 'Weinen', wenn Wasser aus den Augen tropft?", wollte Alpha wissen.

„Kennt ihr etwa keine Tränen?", fragte Lydia ungläubig. „Oder anders gefragt: Ist bei euch nie jemand unglücklich?"

„Niemand bei uns würde einen anderen zu etwas zwingen, was er nicht möchte. Das Kind hat doch nicht freiwillig verloren, oder?", versuchte Alpha zu verstehen.

„Nein, aber es hat freiwillig dieses Spiel gespielt. Und wie bei fast jedem Spiel, das Menschen miteinander spielen, und auch im wirklichen Leben, gibt es leider stets Gewinner und Verlierer. Beides gehört bei uns zusammen. Damit einer gewinnen kann, müssen andere verlieren. Das müsste vielleicht nicht sein", grübelte Lydia.

„Ihr scheint im Prinzip genau zu wissen wie die Welt organisiert sein müsste, um allen zu nützen und doch handelt ihr offenbar immer wieder *gegen eure Einsichten und tut Dinge, die nicht funktionieren"*, bemerkte Alpha nachdenklich.

*„Was meinst du damit?"*, fragte Lydia verwirrt.

*„Ganz einfach"*, Alpha schien zu lächeln, *„wenn ihr ein Leben in Frieden, Freude und Liebe führen wollt, wie wir, solltet ihr niemanden gegen seinen Willen zu etwas zwingen. Ihr verursacht ja euer Unglück selbst."*

*„Ich kann mir nicht vorstellen, wie eine Gesellschaft funktioniert, in der niemand zu etwas gezwungen wird, was er nicht will"*, überlegte Lydia. *„Das würde ja bedeuten, jeder tut nur, was er will!"*

*„Richtig!"*, bestätigte Alpha. *„Jeder tut von sich aus, was ihm am meisten liegt, und wird darin gefördert und unterstützt. So erfüllt jeder seine Aufgaben gerne und gut zum Nutzen aller und es gibt keine Verlierer."*

*„Und wer macht die unbeliebten Arbeiten, wenn alle nur machen, was sie gerne tun?"*, erkundigte sich Lydia.

*„Für jede notwendige Arbeit gibt es jemanden, der dazu fähig ist und darin Erfüllung findet. Wenn das nicht der Fall wäre, würde die Tätigkeit eben nicht ausgeübt, sondern nach einer anderen Lösung gesucht"*, erläuterte Alpha.

*„Und das funktioniert?"* Lydia war skeptisch. *„Was ist, wenn jemand nicht arbeiten kann oder will?"*

„Ich glaube, wir verstehen unter ‚Arbeit‘ etwas anderes als ihr. Bei uns tragen alle auf ihre Weise zum Wohl der Gemeinschaft bei – in diesem Sinne ‚arbeitet‘ jeder. Keiner würde wissentlich den anderen Schaden zufügen, denn wir wissen alle, dass was einem schadet, allen schadet, und was nicht vielen nützt, niemandem nützt. Wir sind alle auf das Engste miteinander verbunden.“

„Das hört sich an, als lebtet ihr im Paradies“, staunte Lydia. „Warum besucht ihr eigentlich die Erde, wenn ihr so viel fortgeschrittener seid als die Menschen und wir doch so vieles falsch machen?“

„Auch von jungen Zivilisationen kann man viel lernen und die Menschen sind sehr erfindungs-reich und phantasievoll. Es ist nur schade, dass sie diese besonderen Fähigkeiten offenbar bisher we-niger gut nutzen, als möglich. Und doch erkennt man vielversprechende Ansätze in eurer Entwick-lung“, gab Alpha zurück.

„Könntet ihr uns nicht dabei helfen, unsere Krea-tivität sinnvoller zu nutzen?“, bat Lydia.

„Es ist uns nicht erlaubt, in die Entwicklung frem-der Zivilisationen einzugreifen“, sagte Alpha bestimmt, doch Lydia entgegnete: „Aber wenn die Gefahr besteht, dass diese sich selbst zerstören?“

Alpha beruhigte sie: „Wir beobachten auch hoff-nungsvolle, neue Bestrebungen in der Menschheit. Deshalb glauben wir nicht, dass ihr euch zerstört, sondern erwarten, dass ihr bald die nächste Entwicklungsstufe eines friedlicheren Zusammenlebens erreicht."

Plötzlich schien er nach innen zu lauschen:

„Oh, meine Freunde rufen mich. Ich muss dich verlassen. Wir versammeln uns und fliegen zurück. Ich danke dir sehr für die neuen Einsichten, die du mir geschenkt hast. Es gibt vieles, über das ich noch nachdenken werde."

Lydia wurde es beinahe etwas wehmütig ums Herz: „Werden wir uns denn wiedersehen? Kommt ihr häufiger auf die Erde?"

„Liebe Lydia", verabschiedete sich Alpha, „wenn du es möchtest, können wir uns gerne bald wieder treffen. Es hat mir sehr gefallen bei dir. Vielleicht dürfen wir uns auch bald in unserer eigentlichen Gestalt zeigen, wenn du dazu bereit bist. Auf Wiedersehen."

Und er ging hinaus in die Dunkelheit.

# Das Weltkarussell

Es war einmal ein Karussell, auf dem meist eher Erwachsene als Kinder mitfuhren. Sie ritten auf „Arbeit", „Geld" und „Macht" – und wie sie ihre Figuren alle so nannten. Es gab auch kleinere Figuren, die „Familie" oder „Vergnügungen" hießen.

In der Mitte des Karussells rotierte ein riesiges sogenanntes „CleverTel", das alle Blicke auf sich zog, weil immer irgendetwas Komisches oder Schreckliches oder Nichtssagendes auf seinem Bildschirm passierte.

Alle drehten sich um diesen Mittelpunkt. Sie waren wie hypnotisiert. Aus seinen Lautsprechern kamen ununterbrochen sogenannte „Informationen", statt schöner Musik, weil es das war, was die Menschen auf dem Karussell hören wollten.

Das Karussell drehte sich schneller und schneller. Wer sich nicht sehr gut an seiner Figur festhielt, wurde gnadenlos herausgeschleudert. Dann konnte, wenn er schnell war, jemand von den Zuschauern draußen vor dem Karussell aufspringen und sein Glück versuchen.

Die Menschen, die mehr in der Mitte des Karussells auf Figuren wie „Macht" und „Geld" saßen, hatten es leichter als die, die außen auf „Arbeit" saßen. In der Mitte wurde man nicht so herumgeschleudert und flog nicht so leicht von seiner Figur herunter.

Es konnte allerdings passieren, dass jemand von weiter außen versuchte, einen von der Figur herunterzustoßen und selbst dort aufzusteigen.

Die Zuschauer vor dem Karussell betrachteten das Schauspiel, das sich ihnen bot, teils mit Sehnsucht, auch dazugehören zu dürfen, teils mit verständnislosem Kopfschütteln über den Wahnsinn, der sich vor ihren Augen abspielte.

In beiden Zuschauergruppen gab es sowohl Kinder, als auch ältere Menschen, sowie jene, die aus dem Karussell herausgeschleudert worden waren.

Ein Teil davon versuchte, wieder aufzuspringen, ein anderer Teil zog sich betrübt zurück, während ein dritter Teil ein Aha-Erlebnis hatte, während er dem Treiben zusah, und sich neuen Wegen zuwandte. Sie rissen sich vom Anblick des alles beherrschenden „CleverTel" los und versuchten, ihre eigenen Werte zu ergründen und zu befolgen.

Es war sehr schwer, einen neuen Weg abseits des Weltkarussells einzuschlagen und der hypnotischen Wirkung des „CleverTel" zu entgehen. Auch war es ein sehr einsamer Weg, denn wenn auch immer mehr Menschen ihn fanden – die Masse ging ihn nicht. Wer ihre Anerkennung brauchte, musste versuchen, auf dem Karussell mitzuhalten, auch wenn es ihn sein Leben kosten sollte.

Eines schönen Tages kam das Karussell plötzlich mit einem Ruck zum Stehen.

Fast alle, die mitgefahren waren, purzelten von ihren Figuren – nur einige Wenige im inneren Zirkel der „Macht" blieben auf ihren Figuren sitzen.

Aber die bestürzten Gestürzten waren viel zu beschäftigt damit, sich wieder aufzurappeln und ihre Verletzungen zu begutachten, um dies zu bemerken.

Viele, die vorher außen gestanden hatten, kamen, um die verstörten und verletzten Menschen zu versorgen.

Unterdessen begann das Karussell, sich langsam wieder zu drehen, auf dem, wie gesagt, nur noch die im inneren Zirkel auf ihren Figuren saßen – ein Schelm, wer Böses dabei denkt.

Sie drehten weiter ihre Kreise, als sei nichts geschehen, und würdigten die heruntergefallenen Menschen keines Blickes.

Doch stellten nun einige dieser Menschen, statt zu versuchen, wieder aufzuspringen, das Weltkarussell in Frage. Sie begannen über Dinge nachzudenken wie:

„Möchte ich wirklich so weiterleben?"

„Was ist mir wichtig?"

„Was tut mir gut?"

Fragen, die der Alltagstrubel immer schnell erstickt hatte.

*Während also ein Teil der Gestürzten noch immer sehnsuchtsvoll dem Karussell nachschaute, auf dem sie aufgrund ihrer Verletzungen nicht mehr mitfahren konnten, begannen andere, sich nach Alternativen zu ihrer bisherigen Lebensweise umzusehen.*

*Dankbar wandten sie sich denen zu, die ihnen nach dem Sturz geholfen hatten, und die schon länger nicht mehr auf dem Karussell gefahren waren. Zusammen entwarfen sie neue Visionen für ein liebevolles und freudvolles Miteinander, bei dem keiner zu kurz kam, es gerecht zuging und die Wahrheit oberste Priorität hatte.*

*Bald hatten sie die „Mächtigen", die immer noch auf ihrem Karussell rotierten, vergessen.*

*Aber wenn niemand mehr auf dem Karussell mitfährt, so bemerkten diese bald, gibt es niemanden, über den man Macht ausüben kann.*

*Die „Mächtigen" kratzten sich am Kopf. Irgendetwas war schiefgelaufen. Sie hatten erwartet, ihre Macht ausbauen zu können, indem sie einige der gedemütigten Gestürzten gnädig wieder auf das Karussell zurückholten.*

*Da nun aber mehr und mehr Menschen sich nicht mehr durch das „CleverTel" beherrschen ließen, sahen sie ihre Felle davonschwimmen.*

*Unterdessen drang die Kunde davon, dass viele Menschen nun nicht mehr auf dem Karussell* lebten, auch bis in andere Welten vor und viele geistig fortgeschrittene Menschen aus diesen Welten kamen, um den Aussteigern beim Aufbau einer neuen Gesellschaft zu helfen – allerdings nur als Hilfe zur Selbsthilfe!

Die ehemals Mächtigen versuchten, diese Entwicklung zu sabotieren, wo sie nur konnten. Sie lockten, drohten und manipulierten nach Kräften, doch ihre althergebrachten Methoden verfingen bei den meisten Menschen nicht mehr. Diese hatten ihre scheinbare Abhängigkeit durchbrochen und gingen nun eigene Wege.

Die so befreiten Menschen verließen die großen Städte mit ihren Massenwohnstätten und bauten kleinere Siedlungen mit überschaubaren Wohneinheiten, in denen Familien und Einzelne, Jung und Alt bunt gemischt miteinander lebten.

Sie bildeten kleine Gruppen, die alles teilten, und in denen jeder seinen Beitrag zum Gemeinwohl leistete, selbst diejenigen, die auf dem Karussell schon lange nicht mehr hatten mitfahren können und als „nutzlos" für die Gesellschaft betrachtet worden waren.

Jeder durfte das tun, was er am besten konnte und was ihm Freude bereitete. So arbeiteten alle gerne und die Gemeinschaften blühten auf. Geld war nicht mehr nötig, denn alle bekamen, was sie brauchten und ersehnten. Es war von Allem genug für alle da, da alle ihre Talente zum Wohle der *anderen einsetzten. Jeder durfte auch alles lernen, was er wissen und können wollte, ganz unabhängig von Alter und Status. Dazu gab es überall Akademien, in denen man seine Fähigkeiten und Talente praktizieren und ausbauen konnte.*

*Geführt und beraten wurden die Menschen nun von den weisesten Mitgliedern der Gemeinschaften – nicht von den ehrgeizigsten – und von den Mentoren aus anderen Welten, die sich jedoch zurückzogen, sobald die neuen Gemeinschaften angemessen funktionierten.*

*Den ehemals Mächtigen wurde ein separater, weit entfernter Lebensraum zugewiesen, den sie sich nach ihren Wünschen gestalten konnten, jedoch nur mit den Menschen, die sich ihnen freiwillig anschließen wollten.*

*Es wurde ihnen verwehrt, die Menschen guten Willens in ihren neuen Gemeinschaften zu belästigen und zu beeinträchtigen.*

*Da diese sich nun ungestört entfalten konnten und alle entsprechend den in ihrem Wesen angelegten Fähigkeiten und Bedürfnissen leben durften, lernten sie alle, in Liebe, Frieden und Harmonie zusammenzuwohnen.*

*Hass, Neid und Streit waren bald vergessen, denn niemand litt irgendeinen Mangel. Allen ging es gut und keiner dachte mehr daran, wie es früher gewesen war.*

## Die Sehnsucht der Lokomotive Ella

*Es war einmal eine junge Lokomotive namens Ella, die träumte davon, einmal abseits aller Gleise auf Abenteuerreise zu gehen. Sie stellte sich vor, wie sie neue interessante Länder und Menschen kennenlernte und endlich einmal fahren konnte, wohin sie wollte.*

*Wenn sie auf ihren Gleisen am Meer entlangzuckelte, spürte sie ein unbändiges Sehnen, wie die Schiffe so frei, auf dem Wasser in unbekannte Fernen zu gleiten.*

*Wenn sie den alten Lokomotiven im Depot abends davon erzählte, schnaubten diese nur und verstanden sie nicht.*

„Es ist eben nun mal so, dass Lokomotiven auf Gleisen fahren – basta!", meinten sie barsch. „Das sind dumme Hirngespinste!"

Die Lokomotive Ella wollte sich aber nicht damit zufrieden geben, immer auf denselben eingefahrenen Bahnen entlangzurollen. Sie wollte frei sein!

Eine ganz verstaubte, weise alte Lokomotive, die schon viel gesehen hatte in ihrem Leben, hörte diese Gespräche. Eines Tages nahm sie Ella beiseite und flüsterte:

„Ich verstehe dich. Weißt du, der Sinn unseres Lebens ist es, anderen in Liebe zu dienen. Für dich bedeutet das, Menschen und Fracht von einem Ort zum anderen zu bringen. Das ist deine Bestimmung. Nur wenn du deine Bestimmung erfüllst, kannst du glücklich werden. Und dennoch gibt es eine Möglichkeit, deinen Traum von Freiheit zu erfüllen."

Die junge Lokomotive wurde ganz aufgeregt:

„Wie denn?"

„Du musst bei Vollmond zu dem großen Magiolo fahren, der in einer Höhle nahe am Meer lebt. Er kann dir jeden aufrichtigen Wunsch erfüllen. Aber überlege es dir gut, denn dann musst du alles zurücklassen, was du kennst, und wirst hier nie wieder glücklich sein können."

Ella hüpfte das Herz vor Freude. Ein bisschen bange war ihr jedoch auch. Und dennoch dachte sie in den nächsten Tagen an nichts anderes mehr, als daran, ihren Herzenswunsch zu erfüllen. Bald stand ihr Entschluss fest, doch sie erzählte niemandem davon.

Am Tag vor dem Vollmond erschien sie zum ersten Mal nicht zum Dienst im Bahnhof. Der Weg zur Höhle des großen Magiolo, den ihr die weise alte Lokomotive genau beschrieben hatte, war weit, und sie wollte auf jeden Fall rechtzeitig da sein. Deshalb brach sie frühmorgens, noch bevor die anderen wach waren, auf in Richtung Meer.

Die Hitze des Tages und die Berge, die zu überwinden waren, nahm sie gar nicht richtig wahr – kein Hindernis konnte sie nun noch von der Erfüllung ihres Traumes abhalten.

Als die Nacht hereinbrach und der Vollmond aufging, hatte sie die Höhle erreicht. Davor saß ein merkwürdig gekleideter Mann an einem Lagerfeuer und rauchte ein Pfeifchen.

Schüchtern fragte ihn die Lokomotive, ob er wohl der große Magiolo sei.

Er sah sie durchdringend an, so als könne er auf den Grund ihrer Seele sehen:

„So, du möchtest also die Freiheit kennenlernen? Bist du auch bereit, dafür alles hinter dir zu lassen, was dir vertraut ist?"

„Wie meinst du das?", fragte Ella etwas erschrocken.

„Wisse", erwiderte er, „dass es keinen Weg zurück zu deinem alten Leben gibt, wenn ich dir deinen Wunsch erfülle. Möchtest du das wirklich?"

Die junge Lokomotive schluckte. Dann aber antwortete sie mutig:

„Ich möchte so frei wie die Schiffe auf dem Meer dahingleiten bis an das andere Ende der Welt."

„Dein Wunsch soll dir gewährt werden", sprach der große Magiolo. „Du kannst ab sofort als Schiff deinen Dienst tun."

Der große Magiolo schloss einen Moment die Augen und schon fand sich Ella als Schiff im nahe gelegenen Hafen wieder. Hier ging es drüber und drunter. Geschäftig wurde sie mit allerhand Gütern beladen und auch vielerlei Menschen gingen an Bord.

Bald schon verließ sie den Hafen und lernte staunend die Weite des Meeres kennen. An die neue Gestalt gewöhnte sie sich bald und genoss den Wind und die Wellen, den Himmel und die Sterne.

Sie fühlte sich ungebunden und frei, obwohl sie natürlich auch jetzt ihren Kurs einzuhalten hatte, aber sie war nicht mehr an feste Gleise gebunden und es gab viel Neues zu lernen und zu entdecken. Ella war glücklich.

Viele Monate lang befuhr sie nun die Meere, lernte so manchen Hafen kennen und beförderte weiterhin Menschen und Fracht, wie es ihre Bestimmung war. Selten nur dachte sie an ihr Leben als Lokomotive zurück und an das, was sie hinter sich gelassen hatte – es war wie ein ferner Traum.

Aber irgendwann gewöhnte sie sich an das Leben als Schiff und immer häufiger ertappte sie sich dabei, wie sie zum Himmel hinaufschaute, wo die Flugzeuge über sie hinwegflogen, und sie dachte sehnsüchtig:

„Wie frei könnte ich dort oben sein – dann wäre ich nicht mehr an die Oberfläche gebunden, müsste keinen Klippen und Riffen ausweichen und könnte die ganze Welt von oben betrachten."

So kam es, dass sie, sobald sie konnte, zu Magiolo zurückkehrte und eine neue Bitte vortrug:

„Ich möchte so frei wie die Flugzeuge sein, die rund um die Erde fliegen können, ohne durch Hindernisse aufgehalten zu werden."

Magiolo erfüllte ihr auch diesen Wunsch. Von nun an beförderte sie Menschen und Fracht in luftigen Höhen. Sie quietschte vor Vergnügen, als sie das erste Mal als Flugzeug abhob. Welche Freiheit sie nun hatte – der Himmel war die Grenze!

Auch wenn es manchmal Turbulenzen und Gewitter gab, bei denen ihr fast schwindelig wurde – meistens genoss sie den Ausblick, der noch viel *weiter war, als sie ihn als Schiff erlebt hatte. Sie erreichte sogar die abgelegensten Regionen der Erde, wo sie als Schiff nie hätte hinkommen können.*

*Die Zeit verging wie im Flug. Doch manchmal ertappte sie sich nun dabei, wie sie zu den Sternen aufsah, wo sie all die Satelliten und Raketen erkennen konnte, die viel höher und weiter flogen, als sie selbst es konnte. Eine unbändige Sehnsucht packte sie, das Weltall zu bereisen, fremde Wesen und Galaxien zu erkunden.*

*Als Ella dieses Mal zu Magiolo zurückkehrte und ihm von ihrer Sehnsucht erzählte, fragte sie beinahe verzweifelt:*

*„Wird das denn nie aufhören? Wann immer du mir einen Wunsch erfüllt hast, kam die Sehnsucht nach Freiheit zurück und das Glück währte nur kurze Zeit. Immer stoße ich an Grenzen. Wann werde ich mein Ziel erreichen und frei und glücklich sein?"*

*Magiolo sah sie liebevoll an:*

*„Höre nie auf zu träumen! Solange du träumen kannst, lebst du. Es gibt keine Grenzen, außer denen deiner Vorstellungskraft. Was du dir vorstellen kannst, kann Wirklichkeit werden, wenn du es dir von Herzen wünschst. Du bist ein Freigeist und hast nicht nur deine Gleise hinter dir gelassen, sondern nach und nach auch die geistigen Beschränkungen, die viele deinesgleichen in ihrem oft unbefriedigenden Leben festhalten.*

Von nun an kannst du als Weltraumfahrzeug die unendlichen Weiten bereisen. Dort werden dir neue Möglichkeiten und Wirklichkeiten offenstehen und dein Weg kennt kein Ende und keine Grenzen mehr. Die Entwicklung geht immer weiter. Du bist nie fertig. Und doch wird dir der Weg eine nie gekannte Erfüllung bringen, solange du deinen Träumen folgst und dich nicht davon abbringen lässt."

„Ist also doch der Weg das Ziel, wie manche meinen?", erkundigte sich Ella.

„Der Sinn des Lebens liegt tatsächlich darin, deinen Weg zu gehen und Erfahrungen zu machen", antwortete Magiolo. „Erst wenn du wieder Eins wirst mit der Quelle allen Seins, bist du am Ziel und deine Sehnsucht ist gestillt."

Und so kam es, dass die Lokomotive Ella ihren Horizont bis zu den Sternen erweiterte.

Wenn ihr einmal eine besonders helle Sternschnuppe am Nachthimmel beobachtet, ist es vielleicht Ella, die mal wieder in der alten Heimat vorbeischaut, nur um erneut aufzubrechen in die unendlichen Weiten des Alls.

# Gesucht – Gefunden

Es war einmal eine Magd namens Elise. Viele Jahre lang hatte sie ihrem Herrn treu gedient. Dieser verstand seine Arbeit und obwohl es oft genug harte Zeiten für die Bediensteten gab, ernährten seine Felder alle, die in Haus und Hof für ihn arbeiteten.

Als der Hof nun von einem neuen Besitzer übernommen wurde, ging es damit bergab. Die Felder und Wiesen brachten keine Erträge mehr und der Besitzer, der dies auf die, in seinen Augen, faulen und unfähigen Mägde und Knechte zurückführte, entließ sie alle. Mit einer kleinen Schar Getreuer wollte er es besser machen als der alte Gutsherr.

Elise, die nicht mehr die Jüngste war, fürchtete sich vor ihrer Zukunft, denn die sah alles andere als rosig aus. Das Sorgen und Grübeln, wie sie nun ihren Lebensunterhalt verdienen sollte, in einer Welt, in der nur jung und stark sein zählte, machte sie ganz krank.

Nachts konnte sie nicht mehr schlafen. Als sie nun eines Morgens den Brotkasten öffnete, um ihr letztes Stück trockenes Brot zu verzehren, fand sie darin einen traumhaften Goldring mit einem funkelnden Edelstein. Vor lauter Staunen und Freude über diesen unerwarteten Fund, der so schön war, wie sie nie gesehen, vergaß sie ihren Kummer. Beglückt zog sie den Ring an ihren Finger. Er passte wie angegossen.

Ihr Herz wurde leicht und sie dachte: „Nun brauche ich mir keine Sorgen mehr zu machen. Ich verkaufe einfach diesen Ring. Er ist sicher ein Vermögen wert."

Sie ging in die Stadt zum Juwelier, um ihm ihren Schatz zu zeigen. Der jedoch sah sie nur ganz entgeistert an. Was Elise nicht wusste: Es war ein besonderer Ring – nicht jeder konnte ihn sehen, denn er war aus Zwergengold – und so glaubte der Juwelier, der ihn nicht sah, sie sei von Sinnen. Enttäuscht machte sie sich auf den Heimweg.

Als sie am Markt vorbeikam, wollte sie schnell weitergehen, denn sie hatte für all die Herrlichkeiten, die es dort zu kaufen gab, kein Geld. Es gab Früchte aus aller Herren Länder, die süßesten Backwaren, schöne Körbe, Kleider und vieles mehr. Traurig wollte sie sich abwenden.

Da sprach eine Marktfrau sie freundlich an: „Hallo, Elise, ich habe hier einen Korb mit besonderen Spezialitäten für den Meister hinter dem Wald. Möchtest du sie ihm bringen? Es soll dein Schaden nicht sein."

Elise fragte überrascht: „Woher kennen Sie mich?"

Die Marktfrau lächelte nur geheimnisvoll und erwiderte: „Bist du bereit?"

Elise zögerte: „Ich gehe nicht gern allein durch den Wald. Es ist gefährlich und ich verlaufe mich leicht."

„Sorge dich nicht", entgegnete ihr die freundliche Marktfrau, „du hast doch deinen Ring. Er hilft dir durch alle Schwierigkeiten. Vertraue nur."

Elise überlegte: Sie hatte Zeit, da sie keine Arbeit mehr hatte, und vielleicht ergaben sich durch diesen Auftrag neue Möglichkeiten. So entschied sie sich, es zu wagen. Was hatte sie schon zu verlieren?

Es kam ihr schon alles etwas merkwürdig vor – die fremde Frau, die ihren Namen kannte und von ihrem Ring wusste, und der Auftrag – doch sie überwand sich und sagte zu.

„Stärke dich zuvor an allen Früchten meines Marktstandes, die du gerne isst, denn es ist ein weiter Weg", bot die Marktfrau Elise an.

Das ließ sich diese nicht zweimal sagen. Ach, war das köstlich und süß, die vielen verschiedenen Früchte, eine leckerer als die andere. Mit jedem Bissen ging es Elise besser und Zuversicht und Hoffnung keimten in ihr auf.

Aber einmal war es doch Zeit loszugehen. Elise nahm den Korb für den Meister hinter dem Wald, bekam von der Marktfrau noch einen Beutel mit Proviant für sich selbst und machte sich mutig auf. Auf ihre Frage, wie sie den Meister finden solle, hatte die Marktfrau sie nur auf ihren Ring verwiesen.

*Etwas unsicher ging Elise durch die Stadt bis zum Waldrand. An der ersten Weggabelung streckte sie ihre Hand mit dem Ring aus, in der Hoffnung, dass dieser ihr irgendwie die richtige Richtung weisen würde, aber es geschah nichts. Ratlos sah sie sich um. Noch einmal streckte sie den Arm aus.*

*Da landete ein kleiner blauer Schmetterling auf ihrer Hand. Entzückt betrachtete sie ihn. Während sie sich noch über ihn freute, flog er auf und flatterte zu einer Blume auf der rechten Seite der Weggabelung.*

*„Na ja", dachte Elise, „vielleicht ist das ja die erhoffte Wegweisung. Ich will einfach dort weitergehen." So folgte sie dem Weg tiefer in den Wald hinein. An der nächsten Abzweigung versuchte sie wieder ihr Glück mit dem Ring und wieder geschah nichts. Nach einer Weile setzte sie sich auf einen Stein am Wegrand und grübelte, was sie nun machen sollte.*

*Ein kleines Eichhörnchen kam neugierig herbei und schnupperte an ihrer Hand. Sie öffnete ihren Proviantbeutel und bot ihm etwas an. Es war lustig, ihm beim Futtern zuzusehen. Dankbar rieb es sein Köpfchen an Elises Ring und sprang dann munter den Weg entlang. Und wieder entschied sich Elise, dies als Wegweisung anzusehen und folgte ihm. So machte sie es auch weiterhin, wenn sie sich unsicher über den Weg war. Immer fand sich ein Zeichen, das ihr die Richtung wies.*

*Langsam wurde es dunkel und Elise konnte das Ziel weit und breit nicht erkennen. Der Meister, den sie suchte, sollte hinter dem Wald in einer Hütte mit einem Kräutergarten wohnen. Erkennen würde sie die Hütte an ihrem Funken sprühenden Schornstein, hatte die Marktfrau ihr gesagt.*

*Bald war es so dunkel, dass Elise die Hand vor Augen nicht mehr sehen konnte. Die Bäume standen dicht an dicht und sie stieß sich einige Male. Sie konnte unmöglich weitergehen. So hatte sie sich das nicht vorgestellt. Längst hätte sie ihren Korb abgegeben haben und wieder zu Hause sein sollen.*

*Im Wald wurden unheimliche Geräusche hörbar. Es knackte, raschelte und heulte um sie herum und sie bekam Angst. Fortlaufen konnte sie nicht. Was sollte sie tun? Verzweifelt setzte sie sich unter einen großen Baum und weinte bitterlich.*

*Auf einmal begann der Ring, den sie an ihrem Finger trug, zu leuchten. Er erhellte ihre unmittelbare Umgebung, so dass sie wieder etwas sehen konnte. Sie stand auf und ging weiter in den Wald hinein. Das Licht reichte nur für den jeweils nächsten Schritt – weiter nicht – und dann wieder bis zum nächsten.*

*Doch plötzlich sah sie durch Gebüsch und Bäume noch ein Licht schimmern. Sie ging darauf zu. Das Licht kam aus einer Höhle. Vorsichtig ging sie* hinein. Darinnen fand sie lauter Zwerge, die unter der Erde fleißig ihre Arbeit versahen. Es dauerte ein Weilchen bis die emsigen Zwerge Elise wahrnahmen. Doch ihr leuchtender Ring machte sie schließlich aufmerksam. Freundlich trat einer der Zwerge auf sie zu: „Sei uns willkommen, liebes Menschenkind. Wir haben auf dich gewartet."

Elise war überrascht: „Wieso habt ihr auf mich gewartet?"

„Wir haben dir den Ring geschickt, damit du zu uns findest", antwortete der Zwerg. „Wie können wir dir helfen?"

Da fasste sie Vertrauen und erzählte ihm, dass sie ihre Arbeit verloren und deshalb einen Auftrag angenommen habe, dem Meister hinter dem Wald einen Korb mit Spezialitäten abzuliefern, jedoch könne sie in der Dunkelheit den Weg nicht finden und habe fürchterliche Angst vor den unbekannten Geräuschen im dunklen Wald bekommen. Sie wisse nicht aus noch ein.

„Sorge dich doch nicht", tröstete sie der Zwerg. „Komm und ruhe dich erst einmal aus." Er führte sie in den hinteren Teil der Höhle und zeigte ihr ein Lager, auf dem sie sich betten konnte. Erschöpft schlief sie bald ein.

Als sie aufwachte, war sie erfrischt und fühlte neuen Mut. Die Zwerge sorgten liebevoll für sie und führten Elise dann stolz durch ihre Werkstatt, wo viele von ihnen emsig bei der Arbeit waren. Die einen schürften Gold, andere schmolzen es ein und wieder andere fertigten daraus die schönsten Schmuckstücke. Alle waren Meister ihres Faches und jeder brauchte die anderen. Gemeinsam entwarfen sie die Pläne für alle Arbeiten, die zu tun waren. Jeder schätzte, was der andere beitrug, damit das Ganze gelingen konnte.

Mit den fertigen Schmuckstücken halfen sie Menschen auf der Erde, die es nötig hatten, denn Zwerge brauchen kein Gold. Sie werden ja von Mutter Erde versorgt.

Zum Abschied schenkten die Zwerge Elise ein kostbares Diadem aus ihrer Werkstatt.

„Immer wenn du durcheinander bist und nicht mehr aus noch ein weißt, soll es dir helfen, deine Gedanken zu klären und neue Wege zu finden", erläuterte einer der Zwerge ihr das Geschenk. Sie freute sich über alle Maßen und bedankte sich herzlich.

Nachdem die Zwerge ihren Proviant aufgefüllt hatten, führten sie sie wieder bis zum Höhleneingang und wiesen ihr die Richtung zu ihrem Ziel. Sie verabschiedete sich von den freundlichen Zwergen und machte sich zuversichtlich auf den Weg.

Fröhlich schritt sie voran und bis mittags hatte sie schon ein gutes Stück Weges zurückgelegt.

Plötzlich raschelte es, Äste knackten und auf einmal stand fauchend und knurrend ein riesiges zotteliges Ungeheuer vor ihr.

Starr vor Schreck blieb sie stehen. Das Ungeheuer versperrte ihr den Weg. Sie konnte keinen klaren Gedanken fassen. Vorsichtig ging sie rückwärts. Das Ungeheuer rückte auf. Sie wandte sich nach rechts – es bewegte sich in die gleiche Richtung. Nach links – sie konnte nicht ausweichen – stets folgte es ihren Bewegungen.

Endlich spürte sie die Wirkung des wunderbaren Diadems und konnte wieder klar denken. Ihr fiel ein, dass man, wenn man von einem wilden Tier bedroht wird, keine Angst zeigen darf. Sie nahm all ihren Mut zusammen und rief laut: „Halt – nicht weiter!" Dabei hielt sie ihre Hand, an der sie den Ring trug, abwehrend hoch.

Das Ungeheuer war überrascht und setzte sich erst einmal hin. „Und was jetzt?", dachte Elise. Da kam ihr der Proviantbeutel in den Sinn.

Langsam, ohne das Ungeheuer aus den Augen zu lassen, öffnete sie ihn, holte etwas von den Leckereien heraus und warf sie ihm hin. Gierig stürzte es sich darauf und kam näher. Elise warf noch ein Stück weiter fort. Aber das Ungeheuer kam sofort zurück und näherte sich dem interessanten Beutel.

Es schien auf einmal gar nicht mehr so ungeheuerlich, sondern ganz sanft.

Als Elise das nächste Stück aus ihrem Beutel nahm, wartete es nicht ab, sondern fraß es ihr gleich aus der Hand. Elise fasste sich ein Herz und kraulte es vorsichtig. Das genoss es sichtlich. So wurden sie Freunde.

Elise machte sich wieder auf den Weg. Ihr neuer Freund folgte ihr auf dem Fuße. Gemeinsam streiften sie durch den Wald. Die Sonne schien durch die Bäume, die Vögel sangen. Es war einfach schön.

Doch nach einer Weile wurde Elise unsicher: Stimmte die Richtung noch? Im hellen Sonnenlicht und wegen der Bäume konnte sie den Funken sprühenden Schornstein von der Hütte des Meisters hinter dem Wald nicht sehen, obwohl es nun nicht mehr weit sein konnte.

Das Auftauchen des Ungeheuers hatte sie so abgelenkt, dass sie nicht mehr auf den Weg geachtet und die Orientierung verloren hatte.

In der Ferne hörte sie ein mächtiges Rauschen. Ihr ungeheuerlicher Freund tapste munter darauf zu. Elise folgte zögernd. Das Rauschen schwoll an zu einem Tosen und auf einmal standen die beiden vor einem reißenden Fluss. Jetzt war guter Rat teuer: Wie sollten sie da hinübergelangen? Sie gingen am Ufer entlang in der Hoffnung, irgendwo einen Übergang zu finden – vergeblich.

Während Elise noch grübelte, wie sie weiter vorgehen sollte, wurde ihr ungeheuerlicher Freund ganz aufgeregt und machte Anstalten, ins Wasser zu springen.

„Nicht!", rief Elise. „Das ist zu gefährlich!" Doch ihr Freund stupste sie ins Wasser und sprang ebenfalls hinein.

Das Wasser war überraschend warm, aber sehr wild, und Elise ging erst einmal unter. Da spürte sie etwas Zotteliges neben sich und klammerte sich fest. Sicher brachte sie ihr Freund durch die Fluten ans andere Ufer.

Dort mussten beide erst einmal verschnaufen. Erschrocken stellte Elise fest, dass sie den Korb für den Meister hinter dem Wald verloren hatte. Was sollte sie ihm nur sagen? In der aufkommenden Dämmerung konnte sie nun den Funken sprühenden Schornstein seiner Hütte erkennen, aber sie hatte nichts mehr zu bringen.

Betrübt und auch etwas ängstlich ging sie auf die Hütte zu. In deren Fenstern leuchtete ein warmes Licht und als sie sich der Hütte näherte, trat der Meister vor die Tür.

„Hallo, Elise", begrüßte er sie freundlich, „schön, dass du kommst."

Elise brauchte nicht zu fragen, ob er der gesuchte Meister sei. Sie wusste, dass sie am Ziel war.

Traurig sagte sie: „Es tut mir sehr leid, ich habe den Korb mit den Spezialitäten, den ich Ihnen überbringen sollte, auf dem letzten Stück des Weges verloren. Ich habe versagt."

„Nein", lächelte der Meister. „Es ging nicht um den Korb. Ich brauche nichts."

„Und wozu habe ich dann den ganzen weiten schwierigen Weg zurückgelegt?", fragte Elise müde.

„Mir ging es nur darum", antwortete der Meister, „dass du bei mir angekommen bist, denn du sollst ab jetzt für mich arbeiten, wenn du möchtest."

„Was könnte ich wohl tun, das Sie gebrauchen könnten?", fragte Elise schüchtern.

„Du sollst ab heute meine Botin sein und die Verbindung zwischen mir und der Stadt vor dem Wald aufrechterhalten. Aber nun komm und ruhe dich erst einmal aus. Morgen wollen wir weiter darüber sprechen."

Und so kam es, dass Elise eine neue Arbeit fand und ihre verzweifelte Lage sich zum Guten wendete. Von nun an brachte sie immer wieder Geschenke und Nachrichten vom Meister hinter dem Wald in die Stadt. Der Weg war ihr bald vertraut und nicht mehr so abenteuerlich wie beim ersten Mal.

Die Geschenke aus Zwergengold – ihr Ring und das Diadem – halfen ihr, Schwierigkeiten zu überwinden.

Sie hatte es gut bei dem Meister und diente ihm gern. Er war sehr gütig und wusste, was sie brauchte. Hin und wieder traf sie ihren zotteligen Freund auf ihren Botengängen. Außerdem fand sie unterwegs viele neue Freunde.

# Der ausgefallene Krieg

Es waren einmal zwei Könige, die hätten gegensätzlicher nicht sein können.

König Gräulich war eiskalt und berechnend, wollte alles kontrollieren, vertraute niemandem als sich selbst und war immer unzufrieden. Im Wappen hatte er ein Schwert.

König Weishaupt dagegen war warmherzig, sanftmütig und vertrauensvoll und ruhte in sich. Sein Wappenzeichen war eine Blume.

In König Gräulichs Reich herrschten Furcht und Schrecken unter den Untertanen, denn er regierte mit eiserner Hand. Er versuchte, so viel wie möglich an Steuern und Abgaben aus seinen Untertanen zu pressen, so dass diese kaum genug zum Leben hatten.

Seine Schergen kontrollierten alles und alle und es kam oft vor, dass sie Menschen auspeitschten und einsperrten, die ihre Anordnungen nicht befolgten oder sich gegen Ungerechtigkeit zur Wehr setzten.

Die Untertanen misstrauten sich gegenseitig, denn man konnte nie wissen, ob jemand nicht für König Gräulich spionierte und einen dann verriet und auslieferte. Das Leben war hart und entbehrungsreich.

König Gräulich führte viele Kriege, da er nie genug bekommen konnte.

König Weishaupt dagegen, versuchte stets, im Frieden mit jedermann zu leben. Seine Untertanen vertrauten ihm. Wenn er Anordnungen traf, waren sie eindeutig und verständlich, so dass jeder wusste, woran er war. Er überforderte niemanden und versuchte jeden entsprechend seiner Begabung einzusetzen.

In seinem Reich herrschten Liebe und gegenseitiger Respekt vor. Seine Untertanen gaben ihm freiwillig den zehnten Teil ihrer Ernte ab, damit der Königshof versorgt war. Einen Teil der Abgaben ließ der König einlagern, so dass im Falle von Missernten für alle genug zu essen da war. Keiner litt Not.

König Gräulich war das Nachbarreich schon lange ein Dorn im Auge. Er neidete König Weishaupt die fruchtbaren Felder, Wiesen und Wälder, die im Einklang mit der Natur bewirtschaftet wurden. König Gräulichs Felder brachten nur karge Erträge, da die Bauern oft für ihn in den Krieg ziehen mussten und deshalb nicht genug aussäen konnten.

Also beschloss König Gräulich eines Tages, das Nachbarreich einzunehmen und erklärte König Weishaupt kurzerhand den Krieg. Als er jedoch mit seiner großen, waffenstarrenden Armee auf dem Schlachtfeld eintraf, fand er dort nichts und niemanden. König Weishaupt war schlichtweg nicht erschienen und auch sein Heer nicht.

*König Gräulich vermutete einen Hinterhalt und sandte Kundschafter aus, um die Armee König Weishaupts ausfindig zu machen. Die Kundschafter suchten einen Tag, suchten noch einen zweiten Tag, die Umgebung ab, um dann unverrichteter Dinge zu König Gräulich zurückzukehren. Es war einfach niemand da.*

*König Gräulich schnaubte vor Wut. „Wenn er nicht kommt, dann holen wir ihn eben!", brüllte er und setzte seine Armee in Gang. Sie waren drei Tage und drei Nächte unterwegs, denn sie wagten es nicht, ein Lager aufzuschlagen aus Angst vor einem Überfall.*

*Die Dörfer und Städte, durch die sie kamen, waren jedoch wie ausgestorben.*

*Endlich erreichten sie die Königsstadt. Überall standen jubelnde Menschen auf den Zinnen der Stadtmauer und warfen Blumen herab.*

*„Das ist eine Falle!", brüllte König Gräulich, der vor seiner Armee her ritt. „Verteilt euch!" So umstellte die Armee die ganze Stadtmauer.*

*„Seid uns willkommen!", rief König Weishaupt vom Wachturm herunter.*

*Vorsichtig ritt König Gräulich auf das Stadttor zu. Als er im Tor stand – was sah er da? Er blickte in lauter Spiegel! Das Sonnenlicht fing sich in den Spiegeln und instinktiv hob er den Arm, um seine Augen zu schützen.*

Der Trompeter seiner Armee fasste dies als Zeichen zum Rückzug auf und gab das Signal. Die ganze große Armee zog ab.

Freundliche Hände halfen dem Geblendeten vom Pferd und das Stadttor wurde geschlossen, bevor König Gräulich den Irrtum aufklären konnte.

„Bruder", sprach König Weishaupt, der inzwischen vom Turm herabgestiegen war, „seid unser Gast."

„Ich bin in Eurer Hand", antwortete König Gräulich als er die Situation erkannte, und knirschte mit den Zähnen. Ohne seine Armee war er ein Niemand. Diese war inzwischen gehorsam abgezogen.

Bald umringten ihn jedoch jubelnde Menschen und warfen Blumen auf seinen Weg. König Weishaupt legte ihm einen Blumenkranz um den Hals. „Ihr seid uns willkommen", lächelte er. „Lasst uns miteinander reden."

Die Gespräche dauerten mehrere Tage. Was die beiden besprachen hat niemand je erfahren.

Tatsache ist jedoch, dass König Gräulich einige Tage später verändert und geläutert in sein Reich zurückkehrte, begleitet von einer Abordnung König Weishaupts, die ihm helfen sollte, eine neue, bessere Ordnung in seinem Reich aufzurichten.

Es war sehr schwierig, die Untertanen von dem Sinneswandel König Gräulichs zu überzeugen. Zu lange hatten sie unter seiner Gewaltherrschaft gelitten. Doch die beiden Könige hielten von nun an engen Kontakt und es gab einen regen Austausch der Untertanen beider Reiche. Die Bauern in König Gräulichs Reich brauchten nicht mehr in den Krieg zu ziehen und konnten wieder ihre Äcker bebauen, so dass keiner mehr Mangel leiden musste.

Mit der Zeit wuchs das Vertrauen der Untertanen untereinander wieder und sie begannen auch nach und nach König Gräulich zu vertrauen. Selten nur noch gab es Rückfälle in alte Gewohnheiten, die jedoch stets verständnisvoll korrigiert wurden.

So kam es, dass der ausgefallene Krieg für alle zum Segen wurde. Wieder einmal bewahrheitete sich das Sprichwort:

„Das weiche Wasser höhlt den Stein".

## Die Alte im Brunnen

*Es war einmal ein Mädchen, das jeden Tag zu seiner Arbeit ging. Auf dem Weg kam es stets an einer Hütte vorbei, aus deren Fenster eine alte Frau herausschaute. Das Mädchen grüßte sie immer freundlich, wechselte ein paar Worte mit ihr und ging weiter. Vor dem Haus war aber ein Brunnen.*

*Eines Tages, als das Mädchen wieder vorbeikam, hörte es ein Wehklagen aus dem Brunnen. Bestürzt trat es herzu und sah, dass die Alte hineingefallen war.*

*Während es noch überlegte, wie es ihr heraushelfen könnte, fauchte die Alte es an: „Hast du nichts Besseres zu tun, als mich so blöd anzuglotzen?" Das Mädchen bemühte sich, ihr die Hand zu reichen, um sie herauszuziehen, aber der Brunnen war zu tief.*

*„Wie lange soll ich noch hier drinnen sitzen?", schimpfte die Alte. „Tu doch was!"*

*Das Mädchen versuchte, Hilfe zu holen, doch die anderen Passanten hasteten eilig vorbei und auch es selbst hatte schon viel zu viel Zeit verloren – es musste ja pünktlich bei der Arbeit sein, sonst würde es sie verlieren. Widerstrebend verließ es den Brunnen.*

Als es am Abend wieder an dem Brunnen vorbei kam, saß die Alte immer noch darinnen und jammerte. Das Mädchen versuchte, sie zu beruhigen.

„Dumme Ziege!", rief die Alte aus. „Ich verhungere hier fast!"

So lief es eilends nach Hause, um wenigstens etwas zu essen zu holen. An einem Seil ließ es einen Korb mit Brot und Milch hinunter.

Doch die Alte meckerte es an: „Das schmeckt ja wie eingeschlafene Füße!"

Das Mädchen schwieg. Es wusste nicht, wie es der Alten helfen sollte. Sie machte nicht die geringsten Anstalten, sich aus ihrer Misere zu befreien – ganz im Gegenteil, sie schien sich in ihrem Gefängnis einrichten zu wollen.

Der Versuch, die Alte mit dem Seil hochzuziehen, scheiterte – sie war einfach zu schwer. Das Mädchen selbst war nicht stark genug, sie herauszuziehen. Es fand auch niemanden, der bereit war, es zu unterstützen. Schließlich sprach es zu der alten Frau:

„Ich werde eine Leiter holen. Dann können Sie daran hochklettern."

„Ich will keine Leiter!", protestierte die Alte ärgerlich.

„Aber ich kann Ihnen anders nicht helfen", erwiderte das Mädchen

*„Ich brauche keine Hilfe!", entgegnete die Alte heftig.*

*Ratlos ging das Mädchen seiner Wege. So blieb die Alte im Brunnen und niemand wunderte sich darüber, niemanden kümmerte es.*

*Das Mädchen brachte zweimal täglich Speise zum Brunnen, doch niemals erntete es einen Dank oder ein gutes Wort. Stattdessen wurde es beschimpft und gekränkt, so dass es irgendwann dachte:*

*„Warum mache ich das eigentlich?" und fort blieb. Es erzählte einer Bekannten davon, was geschehen und wie es ihm ergangen war. Die erbarmte sich über die Alte im Brunnen, denn diese dauerte sie.*

*Natürlich konnte auch sie sie nicht aus ihrem Gefängnis befreien, aber sie übernahm es, ihr täglich etwas zu essen zu bringen. Es erging ihr jedoch nicht besser als dem Mädchen – auch sie wurde immer wieder beschimpft und beleidigt, aber sie nahm es nicht persönlich, sondern dachte: „Der Aufenthalt im Brunnen raubt der Alten den Verstand."*

*Die Alte blieb also in ihrem Gefängnis – äußerlich und innerlich. Niemand konnte sie erreichen. Missmutig saß sie tagein, tagaus im Brunnen und haderte mit ihrem Schicksal.*

*Eines Tages wurde es auf einmal im Brunnen hell und ein Engel stand vor ihr. Sie erschrak fürchterlich.*

„Nimmst du mich jetzt mit? Komme ich jetzt in die Hölle?", fragte sie ängstlich.

„Du bist schon lange in der Hölle!", erwiderte der Engel. „Denn du selbst machst das Leben für dich und andere zur Hölle. Aber Gott hat deine Not gesehen und will dir noch eine Chance geben, dein Leben anders zu führen. Wenn du möchtest, helfe ich dir dabei."

„Ich brauche keine Hilfe!", entgegnete die Alte stur. „Ich komme gut allein zurecht."

„Liebes Kind", sprach der Engel freundlich zu ihr, „ich weiß, du musstest von frühester Kindheit an alleine zurechtkommen und für dich sorgen. Dir fehlte die Liebe, die du gebraucht hättest, und so hast du dein Herz verhärtet, um den Schmerz darüber nicht mehr zu spüren.

Aber es muss nicht so bleiben. Ich werde meine Hand über deine Augen legen, dann ist der Schmerz vergessen und du kannst neu beginnen. Dann wirst du die Liebe wieder spüren können, die dir entgegengebracht wird, und kannst selbst wieder lieben. Willst du das?"

„Das verstehe ich nicht", antwortete die Alte verunsichert. Zum ersten Mal seit langer Zeit vergaß sie, bockig zu sein.

„Ich werde dich aus dem Brunnen befreien und du darfst noch einmal wählen. Als Kind hast du Trotz und Bitterkeit gewählt. Willst du es jetzt einmal mit der Liebe versuchen?", fragte der Engel.

„Von Liebe habe ich schon viel reden hören", brummte die Alte, „aber gesehen habe ich noch keine!"

„Das liegt nicht daran, dass dir keine Liebe entgegengebracht worden wäre", antwortete der Engel, „sondern daran, dass du sie nicht wahrgenommen hast."

„Ich glaube nur, was ich sehe!", erwiderte die Alte.

„Im Gegenteil!", lächelte der Engel, „Du siehst nur, was du glaubst. Wenn du an etwas nicht glaubst, kannst du es auch nicht wahrnehmen. Wenn du nicht an die Liebe glaubst, erkennst du sie nicht als solche."

„Ich habe keine Liebe zu verschenken", versuchte die Alte sich zu rechtfertigen. „Mir schenkt auch keiner welche!"

„Das ist nicht wahr!", widersprach der Engel. „Selbst hier im Brunnen hast du Liebe und Aufmerksamkeit erfahren, sonst würdest du längst nicht mehr leben – du wurdest liebevoll versorgt. Du hast die Liebe aber nicht angenommen, sondern schroff zurückgewiesen. Deshalb glaubst du, keine zu haben.

Gott wird dir noch einmal einen Liebesvorschuss schenken – du kannst ihn entweder vergraben oder weitergeben. Gibst du die Liebe weiter, dann setzt du einen Liebeskreislauf in Gang, der dir und anderen wohltut, und die Liebe wird dir nie ausgehen, da die anderen dir wiederum Liebe zurückschenken. Du wirst es sehen. Willst du es versuchen?"

„Tut das weh?", fragte die Alte zaghaft.

„Es ist wie ein Schlaf", antwortete der Engel. „Wenn du aufwachst, wird alles anders sein."

„Also gut", stimmte die Alte zu.

Als das Mädchen am Nachmittag von der Arbeit kam, staunte es nicht schlecht.

Da saß die alte Frau wieder in ihrer Hütte am Fenster und winkte es heran. Zögernd kam es näher.

„Wie sind Sie denn aus dem Brunnen herausgekommen?", fragte es sie.

„Komm doch herein!", lud die alte Frau es ein. „Ich muss dir etwas erzählen."

Als das Mädchen eintrat, erzählte ihm die Frau, was ihr geschehen war. Wie freute es sich da über diese wunderbare Begebenheit. Beide konnten es kaum fassen. Auch die anderen Dorfbewohner, denen das Mädchen davon berichtete, staunten und glaubten es kaum.

Von nun an hatte die alte Frau sehr viel Besuch. Viele kamen zunächst aus Neugierde, um die wundersame Geschichte von dem Engel zu hören, der das Dorf besucht hatte. Als sie aber sahen, wie ärmlich und schmutzig die Hütte der Frau war, überboten sich die Dorfbewohner gegenseitig, um der Frau zu helfen: Die einen schrubbten die Hütte sauber, andere hängten neue Lampen auf, wieder andere nähten hübsche Gardinen. Und regelmäßig brachte jemand etwas zu essen für die Frau und ihre Gäste. Bald fühlte sie sich wie in einem Palast. Alles war schön und sauber. Es fehlte ihr an nichts.

Die Frau fühlte sich nun wohler und war dankbar und freundlich gegenüber allen, die zu ihr kamen. So kamen die Leute gern und sie war nicht mehr einsam. Auch der Zusammenhalt der restlichen Dorfbewohner wuchs durch die Hilfe, die sie der alten Frau zuteilwerden ließen. Das ganze Dorf blühte auf.

Viele Jahre später erleuchtete plötzlich ein heller Schein die Hütte. Die Frau sah auf. Da stand der Engel wieder vor ihr und sprach: „Du hast deine Chance gut genutzt. Bist du nun bereit, mit mir zu kommen?"

„Ja!", hauchte sie nur. So nahm der Engel sie mit.

Das Mädchen fand sie friedlich im Lehnstuhl sitzend, mit einem Lächeln auf den Lippen.

„Nun hat sie ihren Frieden gefunden", dachte es still und ging, um den anderen Bescheid zu sagen.

Viele kamen, um sich zu verabschieden, in Liebe und Dankbarkeit, und keiner dachte mehr daran, wie sie früher gewesen war. So hatte ihre tragische Geschichte doch noch ein gutes Ende gefunden. Der Segen, den der Engel gebracht hatte, blieb aber über dem Dorf.

# Die Frucht des Lebens

Es war einmal eine alte Frau. Ihr Leben lang war sie für andere da gewesen, hatte sich für die Familie abgemüht und war zu allen Menschen freundlich gewesen. Nun, da sie alt und müde geworden war, saß sie in ihrem Lehnstuhl und dachte über ihr Leben nach.

Was hatte sie davon gehabt? Nie hatte sie machen dürfen, was sie selbst wollte, immer waren andere wichtiger gewesen. Wie hatte sie sich abgeplagt, um den Menschen um sich herum das Leben schön zu machen. Hatten sie es ihr je gedankt? Jeden Wunsch hatte sie ihnen von den Augen abgelesen. Wenn doch einmal jemand ihre Wünsche erfüllen würde.

Da stand plötzlich ein kleines Männlein vor ihr und sagte:

„Weil du stets an andere gedacht und nichts für dich selbst gewollt hast, hast du jetzt drei Wünsche frei."

Oh, wie freute sich da die alte Frau.

Doch – was sollte sie sich wünschen? Sie hatte keine Übung darin. Schließlich sprach sie:

„Ich wünschte, die Menschen, die mich ärgern und schlecht behandeln, wären weg. Alle denken immer nur an sich. Keiner denkt an mich."

Das Männlein schwang den Zauberstab und ihr Wunsch wurde erfüllt. Es gab keine Menschen mehr, die sie ärgerten – es gab keine Menschen mehr.

„Oh", dachte die Frau, „nun habe ich endlich meine Ruhe und kann machen, was ich will. Niemand redet mir mehr in meine Angelegenheiten hinein und keiner stört oder ärgert mich." Das fand sie wunderbar.

Doch ihr Glück währte nicht lange. Bald merkte sie, dass ihr die anderen Menschen fehlten: Da war niemand, der ihr beim Hausputz half, niemand, der für sie einkaufen ging, niemand, der mal ein Schwätzchen mit ihr hielt.

„Mir doch egal!", dachte sie trotzig. „Ich komme schon allein zurecht."

Sie ging hinaus in den Garten, um etwas Gemüse für das Mittagessen zu ernten, jedoch das Bücken fiel ihr schwer. Sie sah sich um. Die Straßen waren menschenleer. Verdrossen sagte sie: „Ist das nun der Lohn dafür, dass ich immer gut zu allen war? Das kann ja wohl nicht sein. Ich wünschte, ich könnte jetzt endlich einmal die Früchte meiner Mühen ernten!"

Das Männlein wedelte wieder mit dem Zauberstab und vor ihr stand plötzlich ein wunderschöner ausladender Baum mit den herrlichsten Früchten.

Sofort griff die Frau nach der schönsten und biss hinein. Sie verzog das Gesicht, denn die Frucht war bitter.

„Das ist die Frucht deines Lebens", sprach das Männlein. „Überlege dir deinen dritten Wunsch gut und lasse dir Zeit. Dann kannst du vielleicht noch etwas daran ändern."

„Das verstehe ich nicht!", schimpfte die Frau. „Die Früchte müssten doch süß und wohlschmeckend sein, nach all dem Guten, das ich getan habe!"

„Liebes Menschenkind", erwiderte das Männlein ruhig, „lass uns einige Beispiele aus deinem Leben betrachten, in denen du Gutes getan hast."

Wie von Zauberhand erschien plötzlich eine große Leinwand vor ihnen und die Frau sah sich in verschiedenen Szenen ihres Lebens zu:

Es war Weihnachten. Sie hatte für jeden in der Familie ein Geschenk besorgt. Sie hatte sich Gedanken gemacht und viel Geld ausgegeben. Es wurde viel geredet und laut gelacht, aber waren da Freude und Dankbarkeit bei den Beschenkten?

„Hast du denn auch dich verschenkt? Deine Liebe?", fragte das Männlein. „Oder wolltest du etwas haben und erreichen?"

Die Frau schwieg.

In der zweiten Szene sah sie sich mit einem kleinen Kind an der Hand. Sie wandte viel Zeit für es auf, obwohl sie auch viel arbeitete, und half ihm, wo sie konnte, spielte mit ihm, buk mit ihm Kuchen, ging mit ihm spazieren.

Das Kind liebte sie, obwohl es nicht ihres war.

„Hast du die Liebe, die dir entgegengebracht wurde, als Geschenk annehmen können, oder hast du Anspruch darauf erhoben?", fragte das Männlein.

Die Frau schwieg.

*In einer weiteren Szene opferte sie sich wieder einmal für ihre Familie auf. Jemand hatte Geburtstag und sie gab sich viel Mühe, um eine schöne Feier auszurichten. Alle hatten Freude daran, nur sie ärgerte sich, weil niemand ihr Beachtung schenkte oder merkte, wie viel Mühe sie sich gab.*

„Warum hast du dich damals geärgert?", fragte das Männlein.

„Sie hätten ruhig einmal etwas Nettes sagen können!", antwortete die Frau. „Ich habe doch alles nur für sie getan."

„Ist das wirklich wahr?", fragte das Männlein. „Warum hast du dich dann nicht an ihrer Freude gefreut?"

Die Frau schwieg.

„Wer war nun für deinen Ärger verantwortlich?", wollte das Männlein wissen.

Die Frau stutzte: „Willst du damit sagen, ich bin selbst schuld?"

„Es geht nicht um Schuld", erwiderte das Männlein. „Es geht um Verantwortung! Für dein Leben bist nur du verantwortlich. Wenn die anderen Menschen nicht so handeln, wie du es möchtest, kannst du daran nichts ändern. Aber an deinen eigenen Handlungen und Gedanken kannst du etwas ändern. Und du kannst dich ändern."

„Warum sollte ich mich ändern?", fragte die Frau. „Ich habe es doch immer nur gut gemeint mit den Menschen!".

„Denke über deine Reaktionen nach", antwortete das Männlein und sah sie ernst an. „Hast du es wirklich gut gemeint mit den Menschen, lagen dir die anderen am Herzen, oder hast du letztlich doch nur an dich gedacht und den anderen gegrollt, wenn sie deine unausgesprochenen Erwartungen nicht erfüllt haben?

Bei allem, was geschieht, entscheidest du: Wählst du Dankbarkeit oder Bitterkeit? Und – hast du in deinem Leben gelernt, Liebe ohne Gegenleistung zu geben und anzunehmen?"

Die Frau dachte lange, lange nach. „Ich möchte es gerne noch lernen. Ich wünsche mir genügend Zeit dafür", sagte sie schließlich.

Das Männlein lächelte und sprach: „Dein Wunsch soll dir gewährt werden."

# Bruder Tod und Schwester Leben

An einem schönen Sommermorgen gingen der Tod und seine Schwester, das Leben, spazieren, um in Ruhe die Einsätze des Tages zu besprechen. Als sie damit fertig waren, sagte das Leben zu ihrem Bruder Tod: „Es ist schade, dass uns die Menschen so unterschiedlich wahrnehmen. Die wenigsten begreifen, dass wir im Grunde die gleiche Arbeit machen: Wir helfen ihnen bei der Geburt in ein neues Dasein."

„Ja", antwortete der Tod, „dir glauben sie das ohne weiteres und umarmen dich, aber mich schieben sie weg und lehnen mich ab. Das ist wirklich ungerecht! Sie denken, ich sei ihr Feind."

„Trotzdem verstehen die Menschen uns letztlich beide nicht!", entgegnete das Leben. „Wüssten sie mit ihrem Dasein umzugehen, wärest du, mein Bruder, die Krönung – nicht der Absturz ins Nichts. Es wird oft gesagt: ‚Wer den Tod fürchtet, fürchtet sich auch vor dem Leben'. Das bedeutet:

Wer dich ablehnt, lehnt in Wirklichkeit uns beide ab. Leider wissen nur noch wenige, dass die Kunst des Sterbens auch die Kunst des Lebens ist, die rechtzeitig erlernt werden will."

„Richtig!", bestätigte der Tod. „Die meisten Menschen versuchen, nicht an mich zu denken, bis ich vor ihnen stehe – das ist zu spät, um ihrem Leben

*Sinn zu geben oder zu überprüfen, ob die Richtung stimmt. Viele Menschen treten besonders dann aufs Gaspedal, wenn sie ihr Ziel, ihre Träume aus den Augen verloren haben."*

*Schon waren sie an ihrem ersten Einsatzort angelangt. Sie kamen zu einem 42-jährigen Mann, der nach einem Motorradunfall im Krankenhaus lag. Als er den Tod kommen sah, begann er zu weinen:*

*„Ach, hätte ich mich doch nur mehr um meine Familie gekümmert! Ich war immer auf der Überholspur unterwegs, kannte kein anderes Ziel, als immer mehr Geld, Macht und Ehre. Meine Arbeit war mir wichtiger als alles auf der Welt.*

*Hätte ich doch nur mehr geliebt, gelacht und getanzt! Wenn ich doch noch einmal von vorn beginnen könnte!"*

*Das Leben nahm seine Hand und legte sie in die Hand ihres Bruders Tod: "Es ist zu spät!"*

*Der nächste Einsatz brachte sie zu einer Frau von Mitte Fünfzig. Auch sie begann beim Anblick des Todes zu klagen:*

*„Mein Leben lang war ich nur für andere da, habe immer allen die Wünsche von den Augen abgelesen und nie etwas für mich gewollt! Warum muss ich jetzt schon gehen – jetzt, wo ich endlich Zeit für mich hätte?"*

*„Du hast versäumt, auf dein Herz zu hören", sprach der Tod, „dabei ist es der Kompass für das, was du mit deinem Dasein eigentlich erreichen wolltest. Hättest du dein Leben mehr deinen Talenten und Bedürfnissen gemäß gelebt, statt es den Erwartungen – oder auch nur vermeintlichen Erwartungen – anderer anzupassen, könnte ich dich nun erfüllt und im Frieden hinübergeleiten auf die andere Seite."*

*„Ja, in der Hektik und dem Lärm des Alltags habe ich die leise Stimme in meinem Inneren oft überhört – das gebe ich zu, aber habe ich nicht viel Gutes getan?", erwiderte die Frau.*

*„Das hast du", bestätigte das Leben. „Doch dein Körper hat dich immer wieder gewarnt, dass du gegen deine Bedürfnisse lebst. Du hast seine Signale nicht beachtet. Es ist nun Zeit zu gehen."*

*Mit diesen Worten nahm das Leben ihre Hand und legte sie in die Hand ihres Bruders Tod.*

*Auf dem Weg zu ihrem nächsten Einsatz meinte das Leben: „Was könnten wir tun, um den Menschen einen bewussteren Umgang mit uns beiden zu erleichtern, so dass sie nicht erst bei deinem Anblick über ihr Dasein nachdenken?"*

*„Sie erschrecken!", rief der Tod und grinste schelmisch. „Ihnen einfach öfter mal eins vor den Bug schießen!"*

„Geht das denn nicht sanfter?", überlegte seine Schwester. „Wie wäre es, wenn wir enger zusammenarbeiten würden? Wenn du Menschen abholen und mir wiederbringen würdest, könnten sie den auf der Erde Lebenden von dem Dasein berichten, dem du sie zugeführt hast. Dann würden alle wissen, dass sie nichts zu fürchten haben, weder im Leben noch im Tod, wenn sie einige wenige Regeln beachten. Auf jeden Fall wüssten sie dann, dass nicht nichts kommt, wenn du sie abholst!"

„Das haben wir doch immer wieder einmal versucht", entgegnete der Tod. „Sie haben den Rückkehrern einfach nicht geglaubt – selbst die Religiösen nicht, die ja eigentlich ein Interesse daran haben müssten, weil es sozusagen ihr Fachgebiet ist und ihre Lehren bestätigt."

„Na ja", gab das Leben zu bedenken, „manche religiösen Institutionen fürchten vielleicht, ihre Macht zu verlieren, wenn dauernd Zeugen aus dem 'Jenseits' zurückkommen und ihre 'Schäfchen' deshalb die Furcht davor verlieren."

„Furcht muss man ja auch vor der Welt jenseits der Wahrnehmung nicht haben – nur Respekt! Denn wie alle Weisheitslehren bezeugen:

'Was der Mensch sät, wird er ernten'. Wer Liebe ernten will, muss Liebe pflanzen!", betonte der Tod. „Jede Entscheidung, die jemand trifft, rückt ihn entweder in Richtung Liebe oder davon weg.

Und die Summe all dieser Entscheidungen ergeben den Zustand, in dem der Mensch geht."

„Eigentlich", sprach das Leben, „wissen die Menschen das alle in ihren Herzen, aber ihre Angst verhindert, dass sie den Weg des Herzens gehen."

„Warum aber haben sie so viel Angst und wovor?", fragte der Tod.

„Sie haben Angst, nicht mehr dazugehören zu dürfen", antwortete das Leben. „Es wurde ihnen eingeredet, dass es Egoismus sei, nach innen zu hören, dass nur die Autoritäten wüssten, was gut für sie ist, und wenn sie sich nicht an deren Zielen und Wünschen orientieren, fürchten sie, von der Gemeinschaft ausgeschlossen zu werden. So geraten sie in einen Zwiespalt zwischen inneren und äußeren Stimmen und je größer der Zwiespalt wird, desto größer wird auch die Angst, alleine zu bleiben.

Man müsste sie wieder mit der Quelle der Liebe verbinden – der Quelle allen Seins, damit sie wieder wüssten, dass sie nie alleine sind. Das ist die ureigenste Aufgabe der Religion. Die Menschen müssten wieder überzeugt werden, dass sie bedingungslos geliebt werden, dass Gott kein irgendwie geartetes Wohlverhalten erwartet – nur Vertrauen. Die Trennung, die sie fühlen, wäre sofort aufgehoben und jede Angst überflüssig."

*„Aber", entgegnete der Tod, „spätestens durch mich wird die Trennung ja aufgehoben und jeder kehrt zur Quelle zurück – so nah zur Liebe und zum Licht, wie er es möchte und ertragen kann. Wer sein Leben in der Finsternis verbracht hat, hält einen größeren Abstand ein als jemand, der immer offen für das Licht war. Und doch gibt es keine Trennung mehr, denn Gott ist alles und in allen. Die Menschen müssen selbst entscheiden, ob sie so lange warten wollen bis ich komme, um sich wieder mit der Quelle zu verbinden."*

*„Du hast Recht", erwiderte das Leben, „wir dürfen uns nicht einmischen. Das Einzige, was ich den Menschen gerne vermitteln würde, ist, dass wir ihnen Freunde, nicht Feinde, sein wollen. Ob uns das gelingt?"*

*Zuletzt kamen sie zu einer 94-jährigen Frau. Auch sie lag im Bett. Als sie den Tod kommen sah, leuchtete ihr Gesicht auf. „Kommst du mich endlich holen?", fragte sie ihn lächelnd.*

*„Fürchtest du mich denn nicht?", erkundigte sich der Tod.*

*„Nein!", erwiderte sie. „Ich habe ein erfülltes Leben gehabt. Es war nicht immer leicht, aber ich bin meinen Weg gegangen und habe dabei viel Schönes erlebt. Auch das Schwere hatte letztlich seinen Sinn, denn es hat mir geholfen, Mitgefühl und Liebe zu lernen und nicht überheblich zu werden."*

„Bist du also bereit mitzukommen?", fragte sie der Tod.

„Von Herzen gerne!", antwortete ihm die alte Frau.

Das Leben half ihr, sich aufzusetzen, nahm ihre Hand und legte sie in die ihres Bruders Tod. Die Frau ergriff die Hand des Todes, umarmte ihn und tanzte mit ihm aus dem Zimmer.

# Bedeutung der Namen

1. Liora     Gott ist mein Licht
2. Raja     Hoffnung
3. Yelina     Licht
4. Benedikt     Der Gesegnete
5. Jason     Heiler
6. Daria     Geschenk Gottes
7. Niko     Sieger
8. Diana     Die Strahlende
9. Norina     Die Wärmende
10. Margareta     Perle
11. Sophie     Weisheit
12. Philo     Freund
13. Lydia     = Erste europäische Christin
14. Ella     Die Andersartige
15. Elise     Gott ist Fülle

# Abbildungsnachweise